LE VUIDANGEUR
SENSIBLE,
DRAME.

Le ferme
6916

Tom. XIV. N.º 3.

214

LE VUIDANGEUR SENSIBLE,

DRAME,

EN TROIS ACTES ET EN PROSE.

PAR M. *** Nougaret marchand

A LONDRES,

Et se trouve à PARIS,

Chez JEAN-FRANÇOIS BASTIEN,
Libraire, rue du Petit-Lyon, F. S. G.

1777.

AVERTISSEMENT

DE L'ÉDITEUR.

LE goût des Drames se répand dans toute l'Europe ; plusieurs de ceux qu'ont donnés MM. Falbaire & Mercier sont traduits en Italien , en Allemand, &c. La singularité de celui-ci lui fera peut-être obtenir aussi l'honneur suprême de la traduction. Je pense qu'on me saura gré du moins de faire connoître un Ouvrage tout-à-fait original, qui pourra plaire aux Amateurs du Drame & à ceux qui voudroient le proscrire de notre Théâtre. On verra que l'Auteur s'est proposé de jeter une sorte de ridicule sur les dénoûmens trop noirs & trop atroces, & sur les personnages trop bas qu'on voudroit introduire au Théâtre. Ce dessein est louable & furprenant de nos jours ; & ce qui eft encore digne d'attention , fa Pièce n'en eft pas moins un Drame complet , qui préfente une action intéreffante & une cataftrophe vraîment terrible & théâtrale.

Je ne dirai point ici comment ce Drame m'eft tombé entre les mains ; le Public fe paffera fans peine de cette confidence : tout ce qu'il importe de favoir, c'eft fi l'Ouvrage eft bon ou mauvais ; & pour fe mettre en état d'en juger avec certitude, il eft nécef-faire qu'on le life.

DISSERTATION
SUR LE DRAME.

Un Ecrivain célèbre a dit (car les grands hommes ont tout dit) que toutes les actions de la vie, jufqu'aux plus communes, pouvoient être l'objet d'un Drame : elles peignent, en effet, au naturel l'efpèce humaine; & plus les tableaux que l'on en retrace font fimples & vrais, plus nous pouvons nous y reconnoître, comme dans un miroir.

Le Drame, encore plus que la Comédie, eft la repréfentation fidelle de la vie ordinaire: tous les états, depuis la pourpre jufqu'aux haillons de la pauvreté, ont un droit égal pour y figurer.

A l'égard des Tragédies, ce font des productions hors de la Nature (je parle fur-tout de celles qu'on joue en France, prefque calquées fur le même modèle,), & l'on doit fe faire une efpèce de violence, pour fe prêter à

une illufion démentie fans ceffe par tout ce qui
nous environne. Alexandre, Céfar, Tamerlan,
& les autres Héros de l'Antiquité, étoient, comme tous les hommes, fujets aux paffions, aux
maladies : ainfi, quand on les fait monter fur des
échaffes, comme en France, pour débiter de
pompeufes fadeurs en ftyle cadencé, pour éta-
ler emphatiquement leurs paffions, & pour
mourir avec une dignité qui contredit la Nature ; je regarde ces tableaux gigantefques
comme des monftruofités propres à amufer les
enfans, & je confens qu'on les fupprime comme
de vains fantômes qui donnent des convul-
fions au cœur, fans parler à la raifon. Ne doit-
on pas fe reprocher de verfer des larmes pour
des ombres toujours décorées du diadême, &
dont le corps n'a peut-être jamais exifté ; ou
de s'attendrir fur le fort de Conquérans altérés
de fang humain, qui, heureufement, font morts
il y a trois ou quatre mille ans ?

La bonne Comédie, plus utile en ce que
les objets qu'elle repréfente font plus à notre
portée, a pour objet d'amufer & de corriger
les hommes ; mais, par malheur, perfonne ne
fe reconnoît dans le miroir qu'elle offre à tout
le monde, parce qu'on s'y regarde toujours avec

les yeux de l'amour-propre : on oublie que ſes perſonnages ſont pris dans la ſociété, au milieu de nous. Pour la rendre profitable, il faudroit peut-être, comme les Grecs, la particulariſer un peu plus : Shakeſpeare l'a ſenti dans ſes Pièces admirables, & après lui, Molière l'a tenté en France dans quelques-unes de ſes Farces.

Quant au Drame, il embraſſe tous les états ; ainſi que je viens de le dire ; c'eſt le vrai tableau de la vie humaine. Ce genre ſimple & naïf eſt ſuſceptible de toutes les peintures. Non-ſeulement il eſt beaucoup plus naturel que la Comédie, on peut dire encore qu'il lui eſt ſupérieur par ſa variété & par l'extrême fidélité de ſes tableaux. Il ſemble encore qu'on entende par *Drame*, non-ſeulement une action ſimple & familière, mais un mélange de comique & de ſérieux, le tout terminé par une cataſtrophe vraîment tragique, ou ſur le point de devenir telle.

Quoi qu'il en ſoit, c'eſt la liberté que ce genre d'Ouvrage autoriſe, qui m'a déterminé à traiter le ſujet que je deſtine à paroître ſur le Théâtre du Monde, par la voie de l'impreſfion ; car pour celui des Comédiens François, je n'ai garde d'y penfer , vu quelques-uns des Perfonnages que je vais mettre fur la Scène, & qui doivent cependant fixer l'attention générale , par les raifons que je vais déduire. L'amour, l'ambition, la colère, l'avarice, & les autres affections de l'âme , agiffent uniformément fur tous les hommes. Ce n'eft point la naiffance ni la fortune qui forment le cœur ; c'eft la Nature feule, cette bouffole fidelle des grands Philofophes ; c'eft fon pouvoir prédominant qui agit avec un empire égal fur la généralité de l'efpèce humaine : la feule différence fenfible eft dans l'expreffion des mouvemens de l'âme. Peignons donc les hommes tels qu'ils font & tels qu'ils peuvent être, fans hyperbole ; montrons - les à leurs femblables , fans microfcope. Moins l'intervalle qui nous fépare des autres fera éloigné, plus l'impreffion fera frappante, & plus l'on fera tenté de mettre à profit les moralités qui s'approcheront de chaque état & de chaque caractère.

J'ai penfé qu'on verroit fans dégoût, & même avec plaifir, dans un Vuidangeur toutes les vertus qui diftinguent l'honnête homme, le bon citoyen ; & j'ai cru qu'on admireroit en lui l'amour de l'honneur porté jufqu'à fon dernier période.

Peut-être quelques perfonnes blâmeront - elles le facrifice auquel il fe réfout ; mais elles ne pourront en même tems s'empêcher d'admirer fon ftoïcifme, excufé, en quelque forte, par le motif & par les circonftances où fe trouve ce père infortuné. Brutus & Caton, dans le même cas, auroient pris le même parti ; & une foule de prétendus Poètes auroit, dans des Pièces moulées les unes fur les autres, & en beaux vers Alexandrins, célébré la vertu de ces deux grands hommes. Mais l'action de mon Héros doit être expofée tout fimplement, attendu qu'elle n'eft que l'opération d'un Vuidangeur, jaloux de fon honneur & de l'intégrité de fa réputation.

Pourquoi me reprocheroit-on de mettre un pareil perfonnage fur la Scène? C'eft un citoyen comme un autre ; c'eft un homme qui s'emploie à procurer la propreté & la falubrité néceffaires dans une grande Ville.

A l'égard de ce Drame, on a cru devoir le réduire en trois Actes, pour le rendre moins ennuyeux qu'en cinq ; il a paru auffi qu'il étoit plus naturel qu'un Vuidangeur, fa famille & fa fociété s'entretinffent en profe qu'en vers : la vraifemblance eft mieux obfervée.

On fera fans doute étonné de la délicatefle extrême du principal Perfonnage; mais il eft, dans toutes les profeffions, des gens fortement épris de l'amour de la vertu, qui craignent plus que la mort la moindre tache faite à leur honneur. William Sentfort étoit du nombre de ces citoyens obfcurs, qui deviendroient des hommes célèbres par les fervices qu'ils rendroient à leur Patrie, fi les circonftances ne leur manquoient pour déployer leur génie.

Ce Drame avoit été fait pour être repréfenté à huis clos dans une fociété particulière d'amis, qui fe livrent avec fuccès à ce genre d'amufement devenu fi à la mode à Paris; mais lorfqu'il fut queftion de diftribuer les rôles, le Maître de la maifon, qui joue ordinairement les pères, ne voulut jamais, par une délicatefle mal-entendue, fe prêter à faire le rôle de Vuidangeur; fon cœur, difoit-il, en étoit foulevé : & quoiqu'il ne dût paroître qu'en habit des Dimanches, il affura que fon imagination feroit affaillie de dégoûts continuels. Tous les autres Acteurs, à l'exemple de celui-ci, rejettèrent les rôles de femme, de fille, & de fils du Vuidangeur.

On differta fur la flexibilité des fibres & du genre nerveux, fur les rapports naturels ou factices, & fur l'irritation ou le chatouillement des mufcles ; chacun fit la grimace, & prétexta une fufceptibilité capable de nuire à la repréfentation, par des naufées involontaires. J'obfervai inutilement que ces perfonnes qui ont l'idée fi forte ou fi foible, & le cœur fi près des lèvres, ne devroient jamais faire fervir fur leur table aucune forte de viande, ni aucune efpèce de gibier. Mes repréfentations furent dédaignées ; on me prouva que l'imagination fent & feint de fentir tout ce qu'elle veut. Après bien des débats, comme il en furvient toujours entre les Acteurs & le Poète Dramatique, il fallut retirer la Pièce. L'Auteur, fuivant l'ufage, s'eft plaint amérement des Comédiens ; &, pour ne pas perdre totalement fes peines, il a cru pouvoir régaler le Public d'un Drame digne d'être agréé dans des Troupes moins fenfibles & plus raifonnables que celle qui n'a point ôfé le jouer à Paris. Tout le monde n'eft pas auffi dédaigneux que nos Demoifelles & que nos Acteurs de la fociété dont je parle. Pour ne faire ici mention que de ces premières, elles auroient dû faire attention qu'on ne devient pas tout ce qu'on repréfente fur le Théâtre : celles qui jouent le rôle de Lucrèce, le font-elles réellement?

Au refte, on doit plaindre des cerveaux foibles, dominés & martyrifés par l'imagination. La moindre idée, le plus léger fouvenir, foulève le cœur de certaines perfonnes, qui ne fe font pourtant nulle violence pour affifter au Spectacle, où il ne fent pas trop bon, & pour manger des chofes qui ne flattent pas trop l'odorat. C'eft une preuve que la gourmandife & la curiofité n'ont point de nez: l'une n'a qu'une bouche; l'autre n'a que des yeux & des oreilles. C'eft une preuve encore que l'affection de l'odorat & l'impreffion du fouvenir font fouvent une fimagrée, qui eft plus dans la fantaifie que dans la Nature.

Ceux qui ont prétendu qu'on pourroit faire paroître dans un Drame les gens de la plus vile populace, feront fatisfaits, puifque mon principal Héros eft un Vuidangeur, & que je me fuis permis de tout peindre, jufqu'à un combat à coups de poings. Les partifans des cataftrophes horriblement noires, n'auront auffi qu'à fe louer de l'Auteur; je les ai fervis felon

leur goût : je leur réponds que mon dénoûment
eſt une des plus charmantes horreurs dont ils
aient encore entendu parler,

PERSONNAGES.

WILLIAM SENTFORT, Maître Vuidangeur.

Miftrifs SENTFORT, fa femme.

Mifs CÉCILE, leur fille.

JONES, leur fils.

TOMPSON, Maître Boucher.

Miftrifs TOMPSON.

Mifs CHARLOTTE, leur fille.

Mifs ARLOWE, amante de Jônes.

Miftrifs CARLIDGE, vieille femme.

JENNI, fa fille, ancienne maîtreffe de Jônes.

HERMANN, Efcroc.

RICHELING, autre Fripon.

Plufieurs Garçons Vuidangeurs.

La Scène eft à Londres, dans la maifon de William Sentfort.

LE

LE VUIDANGEUR

SENSIBLE,

DRAME.

ACTE PREMIER.

SCENE PREMIERE.

JONES *seul, en mauvaise redingote, en bonnet de nuit, & ses souliers en pantouffles.*

 ERRAI-JE toujours cette maudite canaille, qui vient chaque jour, dès six heures du matin, me demander de l'argent ? Je n'entends parler que de billets, de lettres - de-change, & de faquins de créanciers, qui ôsent encore me menacer... Ah ! j'en rosserai quelques-uns.... Ma

A

foi, je crois que le plus ſimple ſeroit de ne plus coucher ici … Il eſt ridicule de harceler un galant homme, qui dort & ne ſe couche qu'à quatre heures du matin. Les drôles penſent que je ne travaille guères avec mon père ; car ils me laiſſeroient au moins dormir une partie de la journée. Que n'attendent-ils que mon père ſoit mort? Il ne peut vivre long-temps ; car il devient vieux tous les jours. Je dois lui ſuccéder, & je me prépare à me bien divertir. Je ne lézinerai pas comme lui. Ma mère, de ſon côté, n'eſt pas jeune, il s'en faut de beaucoup : ainſi je préſume qu'ils auront bientôt leur paſſeport pour l'autre monde, ſans que je m'y oppoſe … Tous ces diables d'importuns-là me donnent de l'humeur ; &, au premier jour, j'étrillerai ſi bien l'un d'entr'eux, que les autres ſe dégoûteront d'y revenir … (*Il regarde une pendule*). Il n'eſt que ſept heures. Que ferai-je toute la matinée? Mes amis dorment encore. Nous étions cette nuit tous ſi bien empaſés, que la plupart n'auront pu regagner leur gîte. Pour nos donzelles, elles avoient leur coîffe de travers, & l'œil d'un tendre … d'un tendre … Il faut avouer que Miſs Arlowe eſt charmante, ſur-tout quand elle ſe livre à la gaîté : ſon image m'auroit empêché de dormir, ſi je ne m'étois couché appeſanti par les fumées du vin & de l'eau-de-vie … J'entends marcher … Eſt-ce encore quelque malôtru de créancier?

SCENE II.

JONES, HERMANN, *habillé en Petit-Maître Anglois, c'est-à-dire, avec un Surtout qui lui descend jusqu'au milieu des jambes, dont le collet, d'une couleur tranchante, est très-large; son chapeau est énorme, ainsi que sa catogan.*

HERMANN.

Je venois sur le bout du pied, dans la crainte que tu n'eusses travaillé cette nuit.

JONES.

Je ne me mets à l'ouvrage que quand mon père m'y force; & je me sauve les trois-quarts du temps.

HERMANN.

On disoit qu'une vapeur mortelle t'avoit suffoqué, ainsi que ton père, William Sentfort.

JONES.

Tu vois qu'il n'en est rien . . . Mais changeons de propos. Je t'ai pris pour un créancier, & j'allois t'assommer.

HERMANN.

Je suis un galant homme, qui n'a jamais été créancier de personne. Il vaut mieux être débiteur; on est partout le bien venu. Je ne tourmente qui que ce soit pour le payer; & quand on me tracasse, je ne suis pas endurant. Il y a quelques jours qu'un gredin de Cordonnier vint me demander de l'argent; je lui dis trente fois inu-

tilement que je n'en avois point; le manant ne voulut
jamais en démordre. A la fin je m'impatientai, & lui
fis defcendre les marches de mon efcalier quatre à quatre.
Il tomba, & j'eus le plaifir de le voir tout difloqué. Depuis ce temps-là, pas un feul n'ôfe y revenir, & je fuis
en paix comme un grand Seigneur. Il faut des exemples.

JONES.

Ces impitoyables coquins me menacent de ne plus
travailler pour moi, & c'eft tant mieux : ils feront tout
d'un coup payés, & j'en trouverai d'autres.

HERMANN.

Comme il y a encore fix mortelles années avant que
vienne l'édit qui déclare quittes tous les débiteurs envers leurs
créanciers, il eft abfolument néceffaire de caffer les bras
& les jambes à quelques-uns d'eux.

JONES.

C'eft un parti que je prendrois volontiers ; mais je
crains l'éclat, à caufe de mon père & de fa famille.

HERMANN.

Bon, ton père ! il ne fe couche qu'à cinq heures du
matin, & dort comme une marmotte.

JONES.

Mais ma mère eft éveillée comme un écureuil, & ma
fœur jabote comme une pie.

HERMANN.

A propos de ta fœur, ta mère ne veut donc pas me la
donner en mariage ?

JONES.

Non ; elle dit qu'elle aimeroit mieux la voir noyée,

attendu que tu es un libertin sans état, un joueur sans argent, un intrigant sans honneur, & que tu feras une mauvaise fin.

HERMANN.

C'est une vieille folle qui radote. Je lui laisserois de bon cœur son bijou chéri, si elle vouloit seulement me compter la dot.

JONES.

Oh! elle ne se laisse pas entamer sur l'argent.

HERMANN.

Il faudra que je me passe du sien; & puis, d'ailleurs, je ne suis pas pressé. Je lorgne une grosse brune, que je veux rafler à quelque prix que ce soit.

JONES.

Est-elle fille ou femme?

HERMANN.

Oh! ce sont ces pions qui ont été à dame, & qui vont comme ils veulent.

JONES.

Pour moi, je m'en tiens, quant à présent, à Miss Arlowe. C'est une réjouie comère, qui amuseroit un Régiment. Nous nous donnons tous les soirs rendez-vous dans la taverne du gros Fripport; & c'est à qui l'aura. Mais je me flatte d'avoir la préférence, parce qu'elle prend toujours mon bras lorsqu'elle veut retourner chez elle.

HERMANN.

Ne demeure-t-elle pas dans le vieux Londres, dans une petite rue adjacente au Strand, chez une Blanchisseuse de bas?

A 3

JONES.

Juftement, au troifième.

HERMANN.

Je la connois; je me fuis trouvé plufieurs fois avec elle dans les guinguettes de Chelfea, & nous y avons ri comme des fous. Elle m'a donné dans l'œil; j'ai projetté de lui parler de près.

JONES.

Ne va pas fur mes brifées, ou nous nous brouillerions enfemble. Tu pourras t'en accommoder dans fix mois. En attendant je te cède Mifs Jenni.

HERMANN.

Fi donc, c'eft une bégueule: avec fes yeux baiffés, fon air modefte, elle m'ennuie à la mort.

JONES.

Elle m'ennuyoit tant auffi, que j'ai pris le parti de la quitter.

HERMANN.

Tu l'as féduite, je crois. Comment as-tu fait pour l'amener à la raifon?

JONES.

Elle m'a donné bien de la peine; je l'ai leurrée par une promeffe de mariage. Je fuis cependant fâché qu'elle foit devenue mère; elle eft toujours à vouloir m'attendrir avec fon enfant.

HERMANN.

Bon, bon! on les laiffe dire. S'il falloit époufer toutes celles que l'on trompe...

JONES.

La petite Jenni se contenteroit de pleurer ; mais sa mère, qui est d'une humeur violente, emportée, ne cesse de me harceler jusqu'ici ; elle vient me soutirer à force de menaces & d'injures. Je prends tout ce que je puis à la maison pour le lui donner ; &, avec tout cela, je ne saurois faire taire cette maudite femme-là : elle fera quelque jour une scène.

HERMANN.

Et ton père ne se doute pas encore de ta vie libertine ?

JONES.

Non ; mon père est un oiseau nocturne, qui travaille sous terre, & qui ne sait pas ce qu'on fait dans le monde pendant le jour.

HERMANN.

Les mines dégoûtantes que vous creusez ensemble, deviendront un jour pour toi des mines d'or.

JONES.

Il est vrai qu'il convertit en bon argent de vilaines espèces. Je le laisse souvent travailler avec ses garçons, & je vais me divertir. Mais il m'aime, & me passe bien des fredaines. Cependant, pour me faire changer de conduite, & afin de me rendre digne d'être son successeur, il veut me marier fort avantageusement.

HERMANN.

Quelle est la dulcinée qu'il te destine ?

JONES.

C'est la fille du Boucher de notre voisinage ; il dit qu'elle est remplie de sentiment.

A 4

HERMANN.

Oh, oh ! à ce que je vois, ton père va d'une extré-
mité à l'autre. Et toi, te prêtes-tu à ce mariage ?

JONES.

Ma foi, non. La prétendue est pourtant gentille,
douce & propre. Mais je suis encore enforcelé de Miss
Arlowe ; elle me fait tourner la tête. Voilà un petit
cœur d'or que j'ai escamoté à ma sœur, & que je veux
lui porter ce matin.

HERMANN.

Parbleu, fais-moi le plaisir de m'y mener avec toi ;
j'appuierai ton amour.

JONES.

Je le veux bien. Mais il est encore trop de bonne
heure ; elle s'est couchée tard : nous irons ensemble sur
le midi.

HERMANN, *appercevant deux fleurets sur une table.*

Eh bien, en attendant, je vais te donner une leçon.
Des grivois tels que nous doivent savoir se battre à coups
de poing & à l'arme blanche.

(*Ils prennent chacun un fleuret, & font assaut*).

HERMANN, *portant la main à sa joue.*

La peste du mal-adroit ! Deux lignes plus haut, il me
crevoit un œil.

JONES.

Que diable aussi, pourquoi ne te mets-tu pas en
garde ?

H E R M A N N.

J'y étois ; mais tu pousses à tort & à travers, comme un vrai brutal.

J O N E S.

Ma foi, si tu ne fais pas mieux te défendre, ce n'est point ma faute. Va te faire panser.

H E R M A N N.

Si, au lieu d'un fleuret, j'avois mon épée, je t'apprendrois, à tes dépens, à être plus adroit & plus honnête.

J O N E S.

En vérité, je ne te crains pas plus d'une façon que d'une autre ; & si nous n'étions pas ici, tu verrois. Tu n'es qu'un querelleur & un fanfaron.

H E R M A N N.

Il t'appartient bien, vil excrément des pays-bas, d'apostropher un homme comme moi ! J'ai servi sur terre, tandis que ton père & toi vous travaillez comme les taupes, dans l'obscurité.

J O N E S.

Est-ce que je ne te connois pas aussi ? Ton père étoit Porteur de chaise, & ta mère est morte à l'Hôpital. Tu fais le faraud, parce que tu as servi dans un Régiment, mais on t'en a chassé ; & si tu figures dans le monde, ce ne sera qu'à Tiburne.

H E R M A N N.

Prends garde que je ne t'y fasse aller au premier jour. Te souviens-tu du vol que tu as fait chez ce Bijoutier de Westminster, après avoir enfoncé, pendant la nuit le devant de sa boutique ?

JONES.

Oh ! je ne te crains point ; tu étois mon complice.

HERMANN.

C'eſt toi, ſcélérat, qui m'as ſuborné : voilà ce que c'eſt que de voir mauvaiſe compagnie !

JONES.

Oui, tu as raiſon, je me ſuis déshonoré avec toi.

HERMANN.

Il te ſied bien d'avoir tant d'inſolence.

JONES, *quittant ſa redingote, & ſe mettant dans la poſture d'un athlete.*

Tiens, il ne s'agit pas de tout cela ; vuidons notre querelle en braves Anglois.

HERMANN, *ſe préparant auſſi à ſe battre.*

Je le veux bien . . . Mais non, je ne dois point te battre chez toi : je te rencontrerai dans la rue.

JONES, *lui donnant un coup de poing.*

Sors d'ici, infame eſcroc.

(*Ils ſe gourment & ſe prennent au collet*).

SCENE III.

Les précédens, Miſtriſs SENTFORT, Garçons Vuidangeurs.

Miſtriſs SENTFORT.

Au ſecours ! au ſecours ! Quoi donc , ce malheureux vient aſſaſſiner mon fils dans ma maiſon! Qu'on aille chercher un Juge de paix.

HERMANN.

Point tant de bruit, Madame; votre fils est un im-
pertinent, qui m'a blessé & insulté: j'en aurai raison.

JONES.

Je ne crains point ses menaces, laissez - le aller ; &
s'il ne part au plus vîte , il n'y a qu'à le jeter dans un
de nos tonneaux.

HERMANN.

Ne m'approchez pas ; je redoute votre attouchement ;
& vous laisse dans la fange qui vous fait vivre.

(*Il se sauve , poursuivi par les Vuidangeurs*).

SCENE IV.

Miftrifs SENTFORT, JONES.

Miftrifs SENTFORT.

A quel sujet faites-vous donc tant de tapage? Vous
êtes amis , & vous ne pouvez vivre ensemble un quart
d'heure sans vous quereller !

JONES.

Parce qu'il est mal-adroit sous les armes, il m'a dit
des injures ; si vous n'étiez pas venue, je lui proposois
un combat à coups de poing , & . . .

Miftrifs SENTFORT.

Je vous ai dit cent fois qu'il ne falloit pas voir un coquin comme celui-là. Une bonne fois pour toutes , ne
vous encanaillez plus avec un tas de vaux-rien , qui vous
auront bientôt fait manger le produit des fatigues de

votre père. C'eſt un honnête homme, un bon mari, un bon père, un citoyen utile; ne le faites pas mourir de chagrin. Il vous a bien élevé; mais au lieu de l'aider dans ſon travail, & d'imiter ſa conduite, vous battez le pavé; vous fréquentez les plus mauvaiſes coteries; vous nous faites ſécher de douleur.

JONES.

Je vous promets, ma mère, que je ne verrai plus Hermann, ni ſa ſequelle; je me défierai même de lui.

Miſtriſs SENTFORT.

Portons nos plaintes; faiſons-le mettre en priſon.

JONES.

Gardons-nous-en bien; il pourroit me calomnier & me ſuſciter de mauvaiſes affaires. (A part). . . . Il ne diroit que la vérité . . . (Haut). Mais j'ameuterai ſes créanciers : de rage il en tuera quelqu'un; alors il verra beau jeu.

Miſtriſs SENTFORT.

Vous en avez auſſi beaucoup vous - même, de créanciers; tous les jours je n'entends parler que de vos dettes.

JONES.

J'arrangerai mes affaires à votre mutuelle ſatisfaction.

Miſtriſs SENTFORT.

Il ne tient qu'à vous que les choſes prennent une bonne tournure. Votre père & moi nous ne cherchons que votre avantage. Votre ſœur a pu vous dire que nous avons formé le deſſein d'acquitter vos dettes, ſi vous voulez être ſage & épouſer la fille de notre voiſin le Boucher, dont l'alliance ne peut que nous faire honneur.

JONES.

Je n'avois aucune envie de me marier; mais vous êtes fi bonne, fi complaifante, que je me fais un devoir de vous fatisfaire en tout.

Miftrifs SENTFORT.

Tu me pénètres de joie. La mère & la fille doivent venir fur les midi. Ne manque pas de te trouver ici, comme par hazard; tâche de leur plaire : tu réuffiras fûrement, & nos arrangemens feront bientôt faits.

JONES.

Il faut avoir l'air propre pour une telle entrevue; & je n'ai pas un ajuftement qui mérite d'être préfenté : toute ma garderobe tombe en guenille.

Miftrifs SENTFORT.

Qu'avez-vous fait de l'argent que votre père vous avoit donné pour vous acheter un habit neuf?

JONES.

J'ai trouvé une famille d'honnêtes gens dans la mifère ; on vendoit leurs meubles , & ils étoient fur le point de faire banqueroute. Ce fpeëtacle m'a touché : je leur ai prêté tout ce que j'avois. (*A part*). La bonne hiftoire que j'imagine - là!

Miftrifs SENTFORT.

Il eft fatisfaifant de faire de bonnes - œuvres ; mais vous auriez dû garder une partie de votre argent pour vos befoins perfonnels.

JONES.

Vous n'auriez pu y tenir vous-même : un père, une mère & quatre malheureux enfans fur la paille ! (*A part, en riant*). Oh , rien de plus touchant !

Miſtriſs SENTFORT.

Tenez, voilà ſix guinées ; allez au plutôt acheter un
habit propre & décent ; & vers les deux heures au plus
tard, vous vous rendrez dans la ſalle, où vous trouverez
la compagnie. Votre père compte ſur votre obéiſſance ;
ne le trompez pas.

(*Elle lui donne de l'argent, & ſort*).

SCENE V.

JONES ſeul.

MA foi, ces ſix guinées viennent fort à propos. Je
n'ai pas mal emboiſé la bonne femme. Elle croit que
j'épouſerai ſa Bouchère ; mais ſi Miſs Charlotte attend
après moi, elle ſera long-temps ſans être pourvue. Gar-
dons toujours ces guinées ; c'eſt autant de pris : j'en
achèterai quelques bijoux pour ma chère Arlowe. Sa
mère ne dira plus que je ſuis un miſérable, ou un avare...
Comme elles vont toutes deux me faire des careſſes !

SCENE VI.

Miſtriſs CARLIDGE, JENNI, JONES.

Miſtriſs CARLIDGE.

JE te trouve donc à la fin, miſérable ſuborneur ! Voilà
cent fois que je viens ici, & tu te caches toujours pour
ne me pas voir ; mais tu ne ſaurois m'échapper aujour-

d'hui ; tu me feras raifon de toutes tes perfidies à l'égard de ma fille.

JENNI.

Ma mère, je vous en prie, parlez - lui avec plus de douceur.

Miftrifs CARLIDGE.

Laiffez-moi tranquille, petite fotte.

JONES.

Doucement, Miftrifs ; ne nous emportons pas. En quoi, s'il vous plaît, avez-vous à vous plaindre de moi ?

Miftrifs CARLIDGE.

Comment, malheureux ! ne l'as-tu pas enjolée, trompée ; & puis tu nous plantes-là. Et ton enfant, ta pauvre petite fille, miférable, parle, qu'en veux-tu faire ?

JONE-S.

Tout ce que vous voudrez. Votre Jenni a beau faire la prude ; fuis-je le feul qui ? . . .

Miftrifs CARLIDGE.

Ah, fcélérat ! il faut que je t'arrache les yeux.

JENNI, *fe mettant entre Jones & fa mère.*

C'eft moi, ma mère, qui mérite toute votre fureur ; fans mon indigne foibleffe à croire fes fermens, & à me contenter d'une promeffe de mariage, il n'outrageroit point ma vertu . . . Mais il a raifon, je mérite fes mépris ; je dois être à fes yeux la plus vile créature . . . Puiffe mon exemple fervir de leçon aux jeunes perfonnes qui manquent à leur devoir ! (*Elle pleure*).

Miftrifs CARLIDGE

Tu nous feras mourir de chagrin ; elle qui t'a tout facrifié, & moi qui avois en main de très - bons partis pour elle.

JONES.

Mais fongez combien vous m'avez coûté l'une & l'autre. J'ai dégagé fon frère; j'ai payé l'apprentiffage de fa fœur; enfin, pour fes beaux yeux, j'ai fubtilifé ma famille; je me fuis accablé de créanciers. Que voulez-vous donc que je faffe encore?

JENNI.

O Dieu! je fuis caufe que vous vous êtes porté à des actions fi baffes! Vous, Jones, vous! voler vos parens, & par rapport à moi! . . . Malheureufe que je fuis! . . .

Miftrifs CARLIDGE.

Je veux que tu époufes ma Jenni. Sans toi, perfide, elle auroit toujours été fage. Si tu ôfes encore héfiter, je vais tout déclarer à ton père.

JONES.

Ne faites pas cette fottife; vous vous reffentiriez de fon humeur violente.

Miftrifs CARLIDGE.

Va, je ne le crains point. Je lui dévoilerai toute ta vie libertine : je m'en fuis fait inftruire. Quand il faura que c'eft toi qui l'a volé fi fouvent, il te fera certainement enfermer pour le refte de tes jours, ainfi que la perronelle pour qui tu quittes ma fille.

JONES.

N'en dites point de mal, je vous en prie; c'eft une fille gaie, complaifante, & qui eft recherchée par plus de vingt bons partis.

Miftrifs CARLIDGE.

Cela ne l'empêche pas d'en chercher auffi elle-même : elle eft parée comme une Actrice; & je fuis fûre que

c'eft

c'est plus aux dépens de ton père qu'aux tiens. Oh bien,
je l'en avertirai, & dès demain.

J O N E S.

Point de bruit ; vous gâteriez encore plus vos affaires.
Mon père veut me marier à toute force, & m'établir con-
venablement ; je feins d'acquiescer à son projet, afin
de mettre la main sur la somme qu'il me destine. Si
je réussis, vous vous en ressentirez toutes les deux.

J E N N I.

Qu'entends - je ! Il se marieroit avec une autre ! Ce
seroit pour moi le coup de la mort... Je me suis bien
toujours doutée qu'après la faute que j'ai faite, je ne
devois plus espérer d'être heureuse.

J O N E S, *touché.*

Miss Jenni, ne vous affligez point : je vous aime toujours.

J E N N I.

Vous m'aimez, & vous m'accablez de mépris !.. ?
Ah, si vous lisiez dans mon cœur !

J O N E S.

Pardonnez des paroles qui m'échappent dans la colère.

Mistriss C A R L I D G E.

Veux-tu être un honnête homme ? sois son époux dès
aujourd'hui.

J O N E S.

D'honneur, la chose est impossible.

Mistriss C A R L I D G E.

Pourquoi nous dédaignes-tu, misérable ? Nous valons
cent fois mieux que ta famille. Je gagne ma vie par un
travail honnête, & ma fille se soutient avec décence

B

en faifant de la dentelle. Nous devons rougir de t'avoir connu.

JONES.

Je crois qu'en effet je ne fuis pas digne de votre alliance.

Miftrifs CARLIDGE.

Il te fied bien de nous plaifanter . . . Mais puifqu'elle a eu la fottife de t'aimer, elle fera ta femme, ou tu te repentiras toute ta vie de l'avoir trompée.

JENNI.

Laiffez-le, ma mère; fortons de cette maifon; je renonce à le voir; je me charge de nourrir par mon travail le fruit de mon malheureux amour : cette enfant aura un cœur plus tendre & plus reconnoiffant que fon père.

Miftrifs CARLIDGE.

Ecoute, Jônes, je fuis au défefpoir; fes larmes me font mourir; & toi qui les caufes, tu n'en es point touché! je vais de ce pas déclarer à ton père & à ta future tout ce qui s'eft paffé entre ma fille & toi.

JONES.

Mon père feroit furieux, mon mariage n'auroit plus lieu, je ne toucherois point d'argent, & vous-mêmes vous n'auriez rien du tout.

Miftrifs CARLIDGE.

Il n'importe, c'eft le pis-aller. Je m'en vais le trouver; je lui montrerai ta promeffe de mariage : s'il me rebute, s'il eft auffi injufte, auffi cruel que fon fils, j'irai tout de fuite chez un Juge de paix, à qui je détaillerai toute ta vie perverfe, & les indignes actions que tu as faites pour entretenir ton libertinage.

JONES.

Ne vous avisez pas de cela : mon père dort à présent ; on ne vous laissera point entrer dans sa chambre.

Mistriss CARLIDGE.

Oh, parbleu ! je forcerai la porte ; nous allons voir.

JENNI.

Ma mère, cette violence là ne peut que me rendre plus malheureuse.

Mistriss CARLIDGE.

Non, c'est inutile.

JONES, *l'arrêtant.*

Eh bien, ma chère Mistriss Carlidge, faisons mieux ; traitons les choses de sens-froid & amicalement. Accordez-moi jusqu'à demain, afin que je prenne les mesures nécessaires ; & je jure d'épouser Mifs Jenni.

JENNI.

Seroit-il possible ! Rendrois-tu assez de justice à mon amour ?

Mistriss CARLIDGE.

Ne me fais pas de mensonge, comme à ton ordinaire.

JONES.

Non, je vous en donne ma parole d'honneur.

JENNI.

Va, mon cher ami, tous mes instans seront employés à te rendre heureux.

JONES.

Retirez-vous actuellement ; je crains qu'on ne vous surprenne ici. (*Il embrasse Jenni.*) Adieu, mon amie ; dans un instant j'irai te voir,

Miſtriſs C A R L I D G E.

Si tu nous trompes encore, j'ai ma vengeance toute
prête. (*Elle ſort*).

J E N N I.

Je fais ce que je peux pour l'adoucir en ta faveur.
Aime-moi comme je t'aime, nous ferons tous con-
tens. (*Elle ſort*).

J O N E S *ſeul.*

L'innocente créature ! Elle eſt douce comme un
agneau . . . J'ai preſque des remords . . . Quelle
folie !

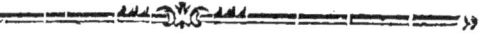

S C E N E V I I.

Miſs C É C I L E , J O N E S.

Miſs C É C I L E.

Bonjour, mon frère.

J O N E S.

Ah ! te voilà, ma ſœur. Il me paroît que tu as bien
dormi : tu as le teint d'une fraîcheur admirable.

Miſs C É C I L E.

Va conter tes fleurettes à quelques-unes de tes Maîtreſſes, ou plutôt garde-les pour la jeune perſonne qu'on
te deſtine pour femme, & dont je viens te parler.

J O N E S.

N'eſt-ce pas la fille de Tompſon, le Boucher ?

C É C I L E.

Oui, Miſs Charlotte elle-même.

JONES.

Il y a une fi grande différence dans nos profeffions, que je crains bien que nous ne fympathifions point enfemble.

CÉCILE.

Elle eft mon amie; je t'affure qu'elle a un caractère excellent.

JONES.

Je ne me fens pas de goût pour elle.

CÉCILE.

L'amour viendra quand tu auras fait connoiffance. Songes, d'ailleurs, que c'eft nous allier d'une manière fort honorable.

JONES.

Elle eft fi maniérée, que je crains qu'elle ne me donne des vapeurs, le fpafme, la confomption.

CÉCILE.

C'eft une mauvaife défaite, & je devine tes raifons; tu as le cœur pris pour une autre. Je crains bien que ce ne foit une fille intéreffée; car mon père te fournit de l'argent, je te donne tout ce que j'ai, & tu n'as jamais le fou. J'ajouterai encore à ces juftes reproches, que tu travailles avec mon père le moins que tu peux; & les nuits que tu lui fais faux-bon, tu ne rentres qu'à quatre ou cinq heures du matin. Les gens qui viennent te chercher font faits comme des bandits; je tremble toujours qu'ils ne t'engagent dans quelqu'affaire fâcheufe, qui compromettroit notre repos & notre honneur.

JONES.

Je ne vois que bonne compagnie: on fe trompe à la mine de nos plus illuftres Milords, quand ils courent

en chenille. J'aime le plaifir, il eft vrai; mais ce goût
eft de mon âge. Quand le feu des paffions s'amortit,
l'on prend une femme qui paie nos dettes, & fe trouve
encore trop heureufe d'avoir les reftes de nos affeç-
tions.

CÉCILE.

Oui, beaucoup de jeunes gens de famille, quand ils
fe décident enfin pour le mariage, ont tout l'air de
vieux barbons; & il ne faut pas s'étonner fi tant. de
femmes hupées, après la cérémonie des noces, cher-
chent de vrais maris : c'eft que réellement elles n'en ont
point.

JONES.

Elles doivent être fages & ménagères. Pour nous
autres garçons, nous ne devons fonger qu'à nous ré-
jouir, fur - tout quand nous avons des pères affez
complaifans pour travailler jour & nuit à nous amaffer
du bien.

CÉCILE.

Voilà une fort bonne morale.

JONES.

Affurément. Bon jour, ma petite fœur; je vais me
parer avec foin, pour affifter à cette belle entrevue, où
ma mère veut que je repréfente. Je crois que j'y ferai
une fotte figure : n'importe, il ne faut pas la cour-
roucer.

CÉCILE.

Tu lui a promis d'y venir; ainfi ne manque pas à ta
parole.

JONES.

Compte fur moi . . . Une chofe m'embarraffe; j'ai
quelques dettes criardes à payer, qui m'empêchent même
de paroître dans le voifinage. Je n'ai point affez d'arg

gent : ne pourrois-tu pas , toi qui es ſi bonne , me prêter une petite ſomme ? Je te la rendrai fidélement après la noce.

CÉCILE.

Je n'ai que trois guinées : je veux bien te les prêter, mais à condition que tu me les rendras exactement.

JONES.

(*Il prend l'argent*). Je t'en donne ma parole. L'aimable petite sœur ! Adieu , ma bonne amie.

(*Il ſort*).

CÉCILE *ſeule.*

Ces libertins-là ruineroient une maiſon des plus opulentes. Au reſte , on eſt encore trop heureux , quand ils ne font pas d'actions capables de déshonorer une famille. Je redoute toujours les coteries que fréquente mon frère , & j'eſpère qu'une femme ſenſée pourra parvenir à le rendre plus ſage. (*Elle ſort*).

Fin du premier Acte.

B 4.

ACTE II.

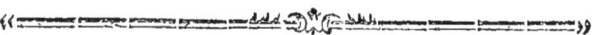

SCENE PREMIERE.

WILLIAM, Miſtriſs SENTFORT, TOMPSON ; Miſtriſs TOMPSON, Miſs CHARLOTTE, Miſs CÉCILE.

(Ils ſont tous aſſis en demi-cercle autour d'une table, & boivent du thé & de l'eau-de-vie.

Miſtriſs SENTFORT.

JE ſuis fort étonnée que mon fils ne ſoit point encore arrivé ; il témoigneroit beaucoup plus d'empreſſement, s'il avoit le bonheur de connoître davantage la jeune Miſs qui lui eſt deſtinée.

Miſtriſs TOMPSON.

Peut - être que votre fils reſſemble à la plupart des jeunes gens, qui n'aiment guères à ſe ſoumettre au joug du mariage.

TOMPSON.

Ils obéiſſent enfin ; & une épouſe aimable leur fait bientôt oublier tous les objets qui les entraînoient vers la diſſipation. J'en puis juger par mon expérience : quoique je fuſſe un égrillard, Miſtriſs Tompſon ſut me fixer dans ſa boutique.

WILLIAM.

Miſs Charlotte aura le même pouvoir ſur le cœur

de mon fils, auquel j'ai tâché de donner de bons exemples & une bonne éducation, afin qu'il se distinguât dans mon pénible métier, & remplît un jour ma place avec honneur.

Miss CHARLOTTE.

Je ne vous cacherai pas, Monsieur William, que j'avois quelques répugnances pour votre profession ; mais l'estime dont vous jouissez, m'a fait surmonter un dégoût qui m'a paru ridicule.

Miss CÉCILE.

Je conviens que la profession de mon père n'est pas séduisante ; mais si l'on juge du mérite des choses par leur utilité, il faut convenir aussi qu'il est peu d'états plus nécessaires que le sien dans la société, & qui exigent plus de courage : peu de gens ont l'âme assez forte pour le soutenir. Un Citoyen n'est-il pas généreux quand, pour le bien commun, il fait ce que les autres ne voudroient ni ne pourroient faire ? Mais on ne s'attache qu'à ce qui brille, & l'on méprise ce qui produit un bien sans éclat.

TOMPSON,

Heureusement le bénéfice dédommage des préjugés auxquels on est en bute ; &, dans le siècle où nous sommes, l'argent console de tout : il n'est ni laideur ni avilissement qui empêchent de trouver un parti, quand le son des écus teinte aux oreilles.

WILLIAM.

Tandis que nous en sommes sur le rang que nous tenons dans la société, s'il faut vous parler vrai, votre métier, mon cher Tompson, n'est guères plus agréable ni plus estimé que le mien. Vous êtes toujours environné de sang & de carnage, & souvent vous n'êtes pas non-plus en trop bonne odeur.

Miſtriſs TOMPSON.

Ah, Monſieur William, quelle comparaiſon ! Nous nous employons pour nourrir les Citoyens.

WILLIAM.

Eh bien, mon état eſt une ſuite néceſſaire du vôtre.

TOMPSON.

Laiſſons cela ; parlons plutôt du ſolide établiſſement que vous prétendez faire à l'unique héritier de vos travaux.

WILLIAM.

L'argent n'eſt pas la ſeule choſe deſirable que je donne à mon fils en mariage : ma profeſſion n'eſt point attrayante, j'en conviens ; mais c'eſt un état libre, je l'ai toujours exercé avec honneur, & perſonne ne m'arracheroit un ſeul cheveu de la tête.

Miſtriſs TOMPSON.

Nous en ſommes perſuadés . . . Mais venons au fait : combien donnez-vous à votre fils ?

WILLIAM,

Mon fils eſt un grand garçon, bien fait, robuſte, qui fait l'arithmétique, & qui eſt très-habile dans mon art.

TOMPSON.

Tenez, l'ami William, les pères, quand ils marient leurs enfans, croient toujours que leurs pièces d'une couronne valent une guinée, & que celles des autres valent à peine un ſcheling. Si votre fils eſt grand & bien bâti, ma fille eſt auſſi fort gentille, & ſera bonne ménagère : ainſi traitons ſans égard pour les qualités perſonnelles.

WILLIAM.

Volontiers. Eh bien, je donne à mon fils trois-cents livres sterlings, & je lui assure mon fonds, dont il lui sera facile de tirer le plus grand parti.

Mistriss TOMPSON.

On m'avoit dit qu'il auroit quatre-cents livres sterlings. Il faut faire un petit effort en faveur du préjugé que vous avez contre vous, l'ami William Sentfort.

WILLIAM.

Combien donnez-vous donc à votre fille ?

TOMPSON.

Moi ? Deux-cents livres sterlings, & un petit trousseau des mieux conditionnés.

WILLIAM.

Ce n'est point assez, il faut aller jusqu'à trois-cents guinées.

TOMPSON.

J'y consens, en votre considération ; mais à condition pourtant que, de votre côté, vous irez jusqu'aux quatre-cents.

WILLIAM.

Il faut bien faire un effort. Allons, touchez-là. Nous boirons, en dînant, le vin du marché. (*Aux Dames Tompson*). Vous y consentez, Mistriss ?

Mistriss TOMPSON.

Avec beaucoup de plaisir.

WILLIAM.

Je vais, de ce pas, chez Monsieur Trafiquet, mon Notaire ; il a ma pratique, j'ai la sienne : nos conventions seront bientôt rédigées. (*Il sort*).

Miftrifs S E N T F O R T.

Je ne conçois pas ce qui peut arrêter mon fils : ce
font fans doute les apprêts d'une entrevue où il veut
paroître avec diftinction... Mais le voilà . . . Comme
il eft fait ! . . . Je n'en reviens pas.

S C E N E   I I.

Miftrifs T O M P S O N & S E N T F O R T ,
Mifs TOMPSON & SENTFORT , TOMPSON,
J O N E S , *fa vefte déboutonnée & déchirée, & fes*
cheveux en défordre.

J O N E S.

E x c u s e z - m o i , Mefdames ; il ne m'a point été
poffible de me tirer des embarras qui me pourfuivent depuis quatre heures.

Miftrifs S E N T F O R Ṫ.

Il faut qu'ils aient été grands ; car vous vous préfentez
dans un bel équipage !

J O N E S.

Pardonnez cet air de défordre à mon empreffement ,
& à l'aventure qui vient de m'arriver.

Miftrifs S E N T F O R T.

Elle eft donc bien extraordinaire ?

J O N E S.

Je me hâtois de venir m'habiller, & de me mettre en
état de faire décemment ma cour à cette charmante
Mifs, lorfqu'auprès d'ici, j'ai entendu un tumulte épou-

vantable, & des cris à faire peur ; je me suis auffi - tôt
avancé, en fendant la preffe, & j'ai vu un de mes meilleurs amis, le plus honnête homme du monde, aux
prifes avec la plus vile canaille, qui le traitoit de Juif,
de Banqueroutier ; à cet afpect, mon fang s'eft allumé,
je me fuis élancé dans la bagarre ; j'ai frappé à droite,
à gauche ; les coups de poings, les gourmades voloient
de tous côtés ; jamais bélier n'a donné de fi furieux
coups de tête ; vingt fois on m'a renverfé dans la boue :
mais enfin, par ma valeur, j'ai fauvé mon ami des
mains de la populace, & l'ai ramené en triomphe dans
le fein de fa famille ; tandis que nos ennemis avoient
un œil poché, une joue meurtrie, ou la moitié des
dents caffées.

Miftrifs T O M P S O N.

Voilà, certainement, une belle action , qui mérite bien
qu'on vous pardonne un retardement, dont nous ap-
préhendions d'avoir à nous plaindre , comme d'une né-
gligence.

J O N E S, *à Mifs Charlotte.*

Sans des raifons auffi fortes, j'aurois même devancé
votre arrivée ici, Mifs Charlotte : ma famille veut que
je vous facrifie ma liberté ; je n'aurai pas de peine à lui
obéir.

Mifs C H A R L O T T E.

Mais vous ne ferez point mon efclave ; l'amitié feule
doit nous réunir l'un à l'autre.

J O N E S.

Vous avez raifon , Mifs, je n'y penfois pas.

Miftrifs S E N T F O R T.

Allons, allons, tout eft convenu. Ne fongeons qu'à

nous divertir & à conclure. On dreſſe actuellement le contrat.

JONES, *d'un air troublé.*

Quoi, ma mère, déjà !

Miſs CHARLOTTE.

En êtes-vous fâché, Monſieur ?

JONES, *ſe remettant un peu.*

Non, Miſs, je ne m'attendois pas ſeulement que mon bonheur fût ſi prochain.

Miſtriſs SENTFORT.

Mon fils, on ne ſauroit trop ſe preſſer pour terminer les bonnes affaires.

Miſtriſs TOMPSON.

En attendant l'heure du dîner, allons faire un tour dans le Parc Saint-James.

TOMPSON.

C'eſt bien dit : partons.

Miſtriſs SENTFORT.

Mais pouvons-nous aller décemment, ſans être ſuivie chacune de notre ſervante ?

Miſtriſs TOMPSON.

Vous avez raiſon ; nous riſquerions d'être confondues avec les femmes du peuple.

Miſs CÉCILE.

Eh bien, comme Miſs Charlotte & moi nous ſerons avec vous, nous vous tiendrons lieu de ſervantes.

Miſs CHARLOTTE.

C'eſt bien penſé !

TOMPSON, *à ſa femme & à ſa fille.*

Quel diable de cérémonie ! Eſt - ce que vous êtes folles ?

JONES, *aux Dames.*

Dans l'état où je suis, je ne puis vous conduire à la promenade: j'en suis fâché, Mesdames.

Miftrifs SENTFORT, *à son fils.*

Nous vous difpenfons de venir; fongez feulement à mieux vous équiper.

Miftrifs TOMPSON.

Mais nos fervantes . . . fortir fans elles . . .

TOMPSON, *prenant fa femme & Miftrifs Sentfort fous le bras, & les entrainant hors de la Scène.*

Je vais vous apprendre à vous en paffer.

Mifs CÉCILE & CHARLOTTE, *les fuivant en éclatant de rire.*

Ah ! ah ! ah ! elles apprendront auffi à courir. Ah ! ah! ah !

SCENE III.

JONES *feul.*

COMME ils ont eu la bonhommie d'ajouter foi à mon combat généreux! (*Il rit*). Ah ! ah ! ah ! . . . Ce coquin-là, me chercher toujours querelle, quand il eft ivre . . . Quelle grêle de coups de poings, & comme il vous lance fa tête dans l'eftomac! Je ne veux plus aller dans fa maudite taverne . . . Ouf! je fuis moulu de coups ... voilà des avant-coureurs de noces affez défagréables . . . A propos de mariage, je me fuis furieufement avancé; je ne fais pas trop comment je

pourrai me dédire. Si je me marie, Miſs Arlowe ne me
le pardonnera jamais ; je ſerai réduit à ne plus la
voir . . . . . Cette idée ſeule me déſole . . . D'un autre côté, la terrible Carlidge m'étourdira par ſes cris
& ſes clameurs : animée par l'intérêt qu'elle prend à
ſa fille, c'eſt une furie qu'il n'eſt pas aiſé d'adoucir.....
Après une entrevue & des conventions arrêtées, ſi je
renonce à l'alliance convenue, je dois m'attendre aux
dernières extrémités de la part de mon père, de ma
prétendue & de ſa famille, qui deviendront de nouvelles
harpies pour me tourmenter : je ſerai renfermé, peut-
être même déshérité . . . Ma parole eſt engagée, &
la future eſt gentille . . . Mais je n'en ſuis pas amou-
reux, & l'image d'un autre objet viendra me pourſuivre
juſques dans les bras de ma femme . . . Je me perds
dans mes réflexions . . . Non, je ne ſaurois aban-
donner ma Miſs Arlowe ; je la préfère à toutes les for-
tunes que l'on m'offre ; elle eſt mon âme, ma divinité...
Que dis-je ! je m'expoſe à me la voir enlevée pour
toujours : car on attenteroit à ma liberté, ce bien ſi
cher, digne partage d'un Anglois . . . qui fait le con-
ſerver . . . Ma foi, je vais courir le monde, & amener
avec moi ma chère Maîtreſſe...Je ſuis ſans un ſou...
Me voilà bien embarraſſé ; je n'ai qu'à mettre la main
ſur le magot de mon père ; j'ai remarqué que la ſerrure
de ſon coffre ne tient preſque point : cela ſuffit . . .
A merveille ! je paſſerai dans nos Colonies, ou dans
le pays étranger. Je m'y enrichirai par mon induſtrie ;
au bout de dix ans, je reviendrai, couſu de guinées
comme un Milord, & tout ſera oublié ; ma future ac-
tuelle aura trouvé un autre parti ; tous mes gens ſeront
morts, & perſonne n'aura plus rien à me dire . . . Oui,
voilà ce que j'ai de mieux à faire ; voler mon père, &

me

sauver avec la petite Arlowe... pourvu, toutefois, que l'aimable créature consente à me suivre ... Je n'ôse me flatter d'obtenir d'elle cette marque d'amour... Je crois l'appercevoir.

S C E N E   I V.

Miss ARLOWE, JONES, RICHELING, en uniforme de soldat de la Marine, son chapeau enfoncé sur les yeux, une longue épée qui traine presque jusqu'à terre, & ayant enfin tout l'air d'un coupe-jarret.

JONES, *courant au-devant de Miss Arlowe.*

EST-CE bien toi, ma chère amie? Par quelle heureuse aventure es-tu parvenue jusques-ici?

Miss A R L O W E.

Ah! mon cher Jônes, nous avons un étrange événement à te conter. Tu me vois encore tremblante, & pénétrée de rage & de douleur.

J O N E S.

Que t'est-il donc arrivé?

R I C H E L I N G.

Ecoute. Tu me vois aussi saisi d'indignation; & tu partageras notre juste fureur.

Miss A R L O W E.

Tu connois cet indigne Hermann?

J O N E S.

Oui, je me propose de lui couper les oreilles.

C

Miſs ARLOWE.

Apprends que le miſérable eſt venu chez moi en ju-
rant d'une manière épouvantable. Il dit que tu lui as
fait une inſulte, & il menace de t'exterminer. J'ai voulu
vainement le rendre plus calme; il n'a paru ſe radoucir,
que pour ſe jeter à mes genoux, les yeux tout en feu,
& me proteſter qu'il ne t'épargneroit qu'à condition que
je conſentirois à te chaſſer de chez moi. J'ai réſiſté à
toutes ſes prières, qu'il renouvelloit, en prenant tantôt
un air attendri, tantôt en frappant du pied, & en fai-
ſant retentir ma chambre de ſes imprécations. Enfin, me
trouvant inſenſible à ſes careſſes & à ſes menaces, il alloit
peut-être outrager ma vertu, lorſque mes cris ont fait
accourir Monſieur Richeling, qui, heureuſement, venoit
en ce moment pour me voir.

RICHELING.

Dans le bouillonnement de ma colère, je vous aurois
vengés ſur le champ l'un & l'autre; mais j'ai craint de
faire chez Miſs un dangereux éclat, dont les ſuites auroient pu nous devenir funeſtes à tous : il eſt bon quelquefois de ſavoir ſe poſſéder . . . d'ailleurs, le drôle eſt
vigoureux.

JONES.

Ah, le monſtre ! inſulter ma Maîtreſſe! s'en prendre
à ce que j'ai de plus cher au monde ! Je punirai ſon
inſolence, ou il aura ma vie.

Miſs ARLOWE.

Il dit qu'il ſait aſſez de choſes de toi, pour te faire
pendre.

JONES.

Il eſt de ſon intérêt de garder le ſilence . . . Mais je
l'empêcherai bien de jaſer.

R I C H E L I N G.

Tu n'auras qu'à bien prendre ton tems , & profiter enfuite de ton avantage : ce coquin-là doit être attaqué avec précaution. Parce qu'il eft robufte à la luthe, & parce qu'il excelle dans l'art de l'efcrime, il a l'infolence d'infulter jufqu'à fes meilleurs amis ; il vole même avec audace , toutes les fois qu'il fe croit le plus fort. Il n'y a que huit jours que je m'affociai avec lui dans une partie de jeu, contre des François nouvellement débarqués à Londres ; c'étoit de l'argent fûr, car ils étoient tout neufs ; cependant s'il eût perdu, je l'aurois remboursé de moitié : il gagna dix-huit guinées, & il ne voulut jamais m'admettre à la participation du gain. Il falloit fe couper la gorge ; j'aimai mieux céder, que de faire peut-être un mauvais coup.

J O N E S.

J'irois, dès cet inftant, le chercher ; mais je fuis retenu par une affaire importante.

Mifs A R L O W E.

Nous venions cependant pour t'amener avec nous.

J O N E S.

Je ne puis fortir que ce foir, à caufe de certains embarras.

Mifs A R L O W E.

De quoi s'agit-il donc ?

J O N E S.

Je n'ôfe te le dire.

R I C H E L I N G.

Dois-tu avoir quelque chofe de caché pour nous ?

J O N E S.

Non ; mais je . . .

Miſs ARLOWE.

Parle, ou je me fâche.

JONES.

Tu le veux abſolument ?

Miſs ARLOWE.

Oui, oui, te dis-je.

JONES.

Eh bien, apprends qu'on s'occupe ici de mon mariage ; j'ai déjà vu la future, & ...

Miſs ARLOWE.

Quoi, perfide ! tu veux donc ſérieuſement te marier, & me quitter pour toujours ?

JONES.

La néceſſité cruelle m'en fait une loi ; je n'ai plus au monde d'autre reſſource . . . Il y auroit cependant un moyen de ne jamais nous ſéparer. Veux-tu que je paſſe dans le pays étranger ? Es - tu dans le deſſein de m'y ſuivre ?

Miſs ARLOWE.

J'y conſentirois volontiers ; mais tu n'as point d'argent, & ta profeſſion eſt très-peu lucrative, quand on n'eſt point aſſez riche pour ſe faire Maître.

JONES.

Ecoute ; j'emporterai d'ici le plus d'argent qu'il me ſera poſſible.

RICHELING.

Excellent projet !

Miſs ARLOWE.

Et quand tu auras dépenſé tout ce que tu auras pris, que deviendrons-nous ?

JONES.

Ma foi, je n'en fais rien ... Tu conçois donc que je suis forcé de confentir à mon mariage? Si je m'obftine à refter garçon, une dure captivité fera mon lot dans quelqu'Hôpital : ainfi je ne puis te conferver mon cœur, qu'en engageant en apparence ma liberté à une autre.

Mifs. ARLOWE.

Il faut donc que j'y confente. Mais fi l'amour doit être le prix de la fidélité , tu n'aimeras jamais ta femme autant que moi.

JONES.

Non , & je t'en donnerai journellement des preuves; l'abondance dont je te ferai jouïr, t'affurera de ma tendreffe ... Il eft près de trois heures (1); je vous confeille d'aller faire un tour au Parc; lorfque je ferai habillé, je tâcherai d'aller vous y joindre , pour un moment.

Mifs ARLOWE.

Nous ferons dans la grande allée.

JONES.

Ah! fi j'y rencontre l'infame Hermann , dans la rage & le défefpoir qui m'animent, je l'étrangle à vos yeux.

RICHELING.

Je te feconderois de bon cœur.

JONES.

Je crois appercevoir mon père: allez vîte m'attendre où nous fommes convenus.

---

(1) Tous les Anglois , du moins les habitans de Londres, ne dînent qu'à quatre heures.

Miſs ARLOWE.

Au revoir, mon cher Jones : ſonges que loin de toi je compte tous les inſtans.

RICHELING.

Sur-tout, ne nous fais point croquer le marmot. (*Il ſort en baiſant pluſieurs fois la main de Miſs Arlowe, qui a l'air de s'y prêter avec complaiſance ; & Jones ne s'apperçoit point de ce manége*).

JONES ſeul.

Puiſque le Diable me contraint à me marier, tâchons de tirer de mon père une bonne ſomme : il eſt dur & ſévère ; mais dans le fond, c'eſt un bon homme, dont on fait tout ce que l'on veut.

SCENE V.

WILLIAM, JONES.

WILLIAM.

TON contrat de mariage eſt dreſſé ; nous avons tout mis en règle. Mais pourquoi n'es-tu pas rentré plutôt ? Je t'aurois préſenté à ta future.

JONES.

Je viens de la voir ; & toutes ces Dames ſont à la promenade, où je n'ai pu les accompagner.

WILLIAM.

N'eſt-ce pas qu'elle eſt charmante ? Si tu es ſage, tu feras l'homme du monde le plus heureux. Avec du bien, des eſpérances, & une jolie femme, ſi tu n'es pas content, ce fera ta faute : bien d'honnêtes gens, qui étalent leur boutique en plein jour, ne font point, à beaucoup près, auffi fortunés.

JONES, *après avoir réparé de fon mieux le défordre de fa parure.*

Il me refte à vous remercier, mon père, des peines que vous voulez bien prendre pour moi.

WILLIAM.

Mais quoi ! tu me parois fombre, rêveur, & je te trouve l'air embarraffé ?

JONES.

C'eft que l'approche du mariage étonne toujours ; on fait des réflexions, & l'avenir caufe des inquiétudes.

WILLIAM.

Tu as donc réfléchi ? C'eft du fruit nouveau.

JONES.

Oui, mon père, j'ai beaucoup réfléchi, & je vous avoue que je ne fuis pas fans quelques petits fcrupules.

WILLIAM.

Des fcrupules! En voici bien d'une autre. Que veux-tu dire ? explique-toi ?

JONES.

Vous êtes fi bon, mon père, que je crois pouvoir vous confier que j'ai contracté des dettes preffantes : je voudrois les acquitter avant mon mariage ; je me ferois confcience de tromper mon beau-père & ma femme.

WILLIAM.

Tu as raifon ; j'approuve de pareils fentimens. Fais-moi un état de tes dettes ; tu me le remettras après-demain, & je te promets qu'avant la fin de la femaine

C 4

ce que tu dois sera payé, si cela n'est pas trop consi-
dérable.

JONES.

Il seroit plus honnête que je payasse moi-même : de
plus, dans le nombre de mes dettes, il y en a de criardes,
de très-urgentes : on trouve des créanciers de si mauvaise humeur !... Je tremble à chaque instant qu'on ne
me fasse un affront la veille de mes noces.

WILLIAM.

On peut attendre deux jours ... Mais pour t'ôter ce
sujet d'inquiétude, nomme - moi ceux qui sont les plus
difficiles ; dès demain je les tranquillise, en leur écri-
vant.

JONES.

Il est à propos que je termine moi - même ; je fais
mieux qu'un autre les réductions qu'il est possible d'exi-
ger ; j'y gagnerois quelque chose, si vous vouliez me
remettre tout - à - l'heure l'argent nécessaire pour solder
avec mes créanciers.

WILLIAM.

Comment, de l'économie ! cela me fait plaisir. Viens
demain matin dans ma chambre, nous nous explique-
rons ensemble.

JONES.

Songez que le moindre retardement peut m'être funeste, & m'empêche de me livrer à la joie.

WILLIAM.

Tu es trop pressé, laisse-moi tranquille, & n'en parlons plus. Songes seulement qu'il faut à présent changer
totalement ton genre de vie, & devenir un homme tout
nouveau.

J O N E S.

C'eſt bien mon deſſein ; je me flatte que vous n'aurez jamais ſujet de regretter vos bontés. (*A part*). Je n'en tirerai rien aujourd'hui ; mais ce ſera pour une autre fois.

W I L L I A M.

Il eſt temps que j'aie lieu d'être content de toi. Je me flattois que tu ſerois l'appui de ma vieilleſſe ; mais comment as-tu répondu juſqu'à préſent aux ſoins que tu m'as coûtés ? Tes paſſions t'ont entraîné dans le déſordre ; tu aurois été ſage, ſi tu avois toujours écouté mes remontrances. Au reſte, je n'ai ſu de toi que des folies de jeuneſſe ; je m'en ſuis moins indigné, parce que j'ai penſé qu'elles n'auroient qu'un tems.

J O N E S.

Je ſens tous mes torts, & je veux les réparer. (*A part*). C'eſt le moyen d'en faire tout ce que je voudrai.

W I L L I A M.

Une femme douce & raiſonnable va faire le bonheur de ta vie : que l'inconſtance ne te rende jamais injuſte à ſon égard. Après avoir acquis le titre d'époux, ſi tu avois des Maîtreſſes, & te permettois de fréquenter les libertins, le mariage ne ſerviroit alors qu'à te rendre malheureux.

J O N E S.

O mon père ! vos bontés & vos leçons me touchent infiniment. (*A part*). Je fais le prendre.

W I L L I A M.

Si tu es capable de remords, je commence une nouvelle vie, ô mon fils, mon cher Jônes ! Que la vertu reprenne pour jamais ſes droits ſur ton cœur ; goûte la

douceur de ne te livrer qu'à des plaisirs légitimes. Un
naturel trop facile t'a lié avec de jeunes libertins ; fuis-
les pour toujours avec le plus grand soin : ces mauvaises
sociétés corrompent les mœurs, nous apprennent souvent à ne point rougir du crime, nous rendent fourbes,
hypocrites & méchans. Sois un bon mari, tu seras bon
père, bon citoyen ; tu seras véritablement heureux.
Eprouve qu'il n'est de bonheur réel que dans le calme
de l'âme, bonheur dont on ne jouït qu'au sein de sa
famille.

JONES.

Ne craignez point, ô mon père ! de vous rendre ga-
rant du desir que j'ai de voir ma femme heureuse. (*A part*).
Il est capable de me croire.

WILLIAM.

J'accepte ta promesse ; si tu la remplis, je mourrai
content ... Nos gens vont bientôt revenir de la promenade. (*Il regarde sa montre*). Il est près de quatre heures ;
va te mettre en état de te présenter avec décence, &
cherche, par toutes sortes de moyens, à leur inspirer une
idée avantageuse de ta personne.

JONES.

Je cours expédier ma toilette, pour vous rejoindre
au plutôt. (*A part*). J'irai cependant faire un tour dans
le Parc. (*Il embrasse son père, & dit à part, en s'en al-
lant*) : le bon père, & le bon-homme !

SCENE VI.

WILLIAM *seul.*

Aveugles que nous sommes ! nous defirons d'avoir des enfans : c'eft nous dévouer à des inquiétudes plus cruelles que la mort. Avons-nous un fils foible, délicat, tout nous alarme ; nous craignons à chaque inftant de le perdre : eft-il fort & robufte, la violence du tempérament lui fait franchir les bornes de la modération ; les femmes le captivent, la mauvaife compagnie le féduit, fon inexpérience l'égare ; & des parens fenfibles ont toujours à trembler pour fon honneur, pour fa fanté ou fa vie. Mon fils, malgré mes efforts, a mené une vie repréhenfible, fans tomber dans les derniers excès du libertinage. Actuellement il devient plus raifonnable : voilà l'unique fois qu'il m'a permis de goûter la douceur d'être père.

SCENE VII.

Miftrifs TOMPSON, Mifs CHARLOTTE, WILLIAM.

Miftrifs TOMPSON.

Nous avons trouvé un monde prodigieux dans le Parc Saint-James ; c'étoit une véritable cohue. Nous avons perdu dans la foule Monfieur Tompfon.

WILLIAM.

Il faura bien vous rejoindre ici, & n'oubliera pas la promeffe qu'il m'a faite d'y diner en famille.

Miſs CHARLOTTE.

Nous y comptons.... Je ne ſais ſi ma mère eſt fati-
guée; pour moi j'ai peine à me ſoutenir. On achète
bien cher l'inſipide plaiſir de la promenade!

Miſtriſs TOMPSON.

Oui, l'on veut voir du monde, & ſe montrer à ſon
tour, quelque déſagrément que l'on éprouve.

WILLIAM.

Mon fils ne vous a point accompagnées, Meſdames;
mais il ſe diſpoſe à venir faire ſa cour à ſa future. Je
vous avoûrai, maintenant, qu'il n'étoit que trop diſſipé;
je lui ai fait quelques remontrances, & je l'ai trouvé
dans les meilleures diſpoſitions.

Miſtriſs TOMPSON.

Pour peu qu'une femme le veuille, elle conduit un
homme à ſon gré; elle ſait avec patience ſupporter ces
momens d'humeur, qu'un caractère opiniâtre converti-
roit en ſcènes ſcandaleuſes; elle eſt attentive à prévenir
ou à détourner les querelles, ramène un époux inconſ-
tant ou emporté, & réuſſit toujours quand elle ſait à
propos faire parler ſa douceur & ſes larmes. Voilà quels
ſont les principes dans leſquels j'ai eu ſoin d'élever ma
fille.

WILLIAM.

Je ne doute pas qu'elle n'en faſſe uſage, '& qu'un
bonheur continuel ne ſoit la récompenſe de ſon mérite..
Mais qu'avez-vous donc fait de ma femme & de
ma fille?

Miſs CHARLOTTE.

Elles nous ont quittées pour aller préparer le dîner.

WILLIAM.

Je vais voir fi je peux leur être utile à quelque chofe.
Dans un inftant vous pourrez paffer là-dedans. Mille
pardons fi je vous laiffe ; mais nous devons commencer
à vivre fans façon. (*Il fort*).

SCENE VIII.

Miftrifs TOMPSON, Mifs CHARLOTTE.

Miftrifs TOMPSON.

Ce William, pour un homme de fon état, ne
manque ni d'éducation, ni de politeffe.

Mifs CHARLOTTE.

Il paroît un fort honnête homme ; malheureufement
le préjugé ne parle pas en faveur des gens de fon efpèce ; ce font des oifeaux de nuit, qu'on ne voit qu'avec
une certaine répugnance pendant le jour.

Miftrifs TOMPSON.

Tu t'accoutumeras peu-à-peu à les voir ; & l'abondance dans ta maifon te fera furmonter des degoûts, qui
font plus dans l'imagination que dans la réalité. Mais
comment as-tu trouvé le fils ?

Mifs CHARLOTTE.

Il n'a point un certain air de franchife que je defire-
rois dans mon mari ; il jetoit fur moi des regards em-
barraffés.

Miftrifs TOMPSON.

Un amant, à la première entrevue, a toujours le

maintien timide & décontenancé, ainsi que la jeune
personne qui doit être sa femme. Tu jugeras mieux ce
soir de ton futur, attendu qu'il sera moins gêné avec
toi.

Miss CHARLOTTE.

J'ai un sentiment intérieur qui ne me rassure point sur
son compte.

Mistriss TOMPSON.

Bannis ces terreurs enfantines : ce garçon-là aura un
jour plus de mille livres sterlings.

Miss CHARLOTTE.

L'argent ne rend pas toujours les mariages heureux.
Différons encore quelque temps de conclure : nous pro-
fiterons de ce délai, pour mieux connoître l'homme qui
m'est destiné.

Mistriss TOMPSON.

Bon ! veux-tu nous renvoyer à l'année prochaine ?
Tout est d'accord ; les dots sont sur le point d'être
comptées. Saisis de bonne grace la fortune qui se pré-
sente. Viens, on nous attend là-dedans ; allons rejoindre
toute la famille. Tu t'appercevras en dînant qu'on peut
manger des choses ragoûtantes chez ton beau-père, &
tu verras dans peu de jours que son argent ne sent pas
mauvais.

Mistriss CHARLOTTE.

Allons, je vous sacrifierai toutes mes répugnances : une
fille honnête doit s'empresser d'obéir à sa mère. (*Elles
sortent*).

Fin du second Acte.

ACTE III.

SCENE PREMIERE.

WILLIAM, Miſtriſs SENTFORT.

Miſtriſs SENTFORT.

Non, il n'eſt point encore rentré.

WILLIAM.

Il eſt plus de ſix heures.

Miſtriſs SENTFORT.

Comment ſe peut-il qu'après les promeſſes qu'il nous avoit faites, il ait manqué à un dîner qui devoit décider du bonheur de ſa vie!

WILLIAM.

Ce qui me confond encore, c'eſt que le voiſin Tompſon nous ait auſſi manqué de parole.

Miſtriſs SENTFORT.

Sa femme & ſa fille ſe ſont retirées de bonne-heure, auſſi piquées contre notre fils, que remplies d'inquiétude.

WILLIAM.

Je ne ſais que penſer de l'abſence de Tompſon, & ſur-tout de celle de Jônes.

Miſtriſs SENTFORT.

Les idées les plus triſtes me paſſent par la tête.

WILLIAM.

Je vous ai toujours dit qu'il étoit libertin; vous n'avez jamais voulu me croire, & vous m'avez souvent empêché de le corriger. Ne vous en prenez donc qu'à vous s'il se débauche de plus-en-plus, & s'il nous cause actuellement du chagrin.

Miftrifs SENTFORT.

Ne me faites point de reproches; Jônes eft étourdi, mais, au fond, il a un bon naturel. Je crains qu'il n'ait été entraîné par quelque libertin de fa connoiffance, qui, abufant de fa facilité, l'aura engagé dans une querelle où peut-être il a perdu la vie.

WILLIAM.

Je frémis; à chaque inftant on peut nous annoncer une funefte cataftrophe : je vous protefte que s'il n'a pas eu des raifons indifpenfables pour s'abfenter aujourd'hui : je ne négligerai ni follicitations, ni dépenfes, pour le faire mettre entre quatre murailles.

Miftrifs SENTFORT.

Ne précipitez rien; s'il a été retenu malgré lui, nous n'aurons rien à lui dire.

WILLIAM.

Je préfume que fes indignes connoiffances l'ont dégoûté du mariage; & pour mieux l'en diftraire, ils l'auront entraîné dans une partie de débauche. Peut-être fe font-ils querellés, battus; la tranquillité publique, trop violemment troublée, aura forcé la Juftice de les faire arrêter : fi ma conjecture eft vraie, je vous promets que je le laifferai faire pénitence dans la prifon.

Miftrifs

Miftrifs SENTFORT.

Ne le condamnons point fans l'entendre ... Je ne puis refter plus long-tems ici ; je vais le chercher partout ; je m'en informerai de tous côtés, &, fi j'en apprends des nouvelles, je viendrai promptement vous tranquillifer. (*Elle fort*).

SCENE II.

WILLIAM *feul.*

J'AUROIS dû mettre plutôt un frein à fes déportemens, quoiqu'ils m'aient paru fans conféquence ; mais la tendreffe m'aveugloit quelquefois. Nous chériffons nos enfans fans attendre qu'ils le méritent ; leurs vices ne font qu'affliger notre amour, fans le rebuter ; & la Nature, qui nous féduit en leur faveur, nous empêche de les voir tels qu'ils paroiffent aux autres. Malgré les chagrins que me caufe mon fils, il ne peut m'être un objet odieux : en détestant fes vices, je fens que je fuis fon père.

SCENE III.

Mifs ARLOWE, WILLIAM.

Mifs ARLOWE.

ETES-VOUS William Sentfort ?

WILLIAM.

C'eft moi-même.

D

Miss ARLOWE.

J'ai à vous parler en secret.

WILLIAM.

Nous sommes seuls; vous pouvez parler hardiment.

Miss ARLOWE.

Je suis désespérée de la peine que je vais vous faire, en vous apprenant l'accident le plus funeste.

WILLIAM.

Mon fils seroit-il mort ?

Miss ARLOWE.

Non, Monsieur William; mais il est bien dans l'embarras.

WILLIAM.

Hâtez-vous de m'apprendre quelle est sa situation.

Miss ARLOWE.

Il s'étoit lié avec un coquin nommé Hermann, qui, par jalousie, est venu chez moi m'en dire beaucoup de mal, & prétendoit me contraindre à ne jamais le revoir. Outré de ma résistance à ses projets, il est sorti furieux, en me menaçant d'arracher la vie à son heureux rival. J'en ai prévenu votre fils, qui voulant aujourd'hui me parler un moment dans le Parc Saint-James, avant l'heure du dîner, s'est muni d'une épée, dans la crainte d'y rencontrer son ennemi. Ils se sont joints, en effet ; après quelques injures mutuelles, comme Hermann portoit aussi des armes, ils se sont battus, malgré mes efforts & mes cris: Hermann est tombé par terre, percé de deux coups mortels; votre fils a pris aussi-tôt la fuite : confondue dans la foule, j'ai vu expirer son indigne agresseur. Mais on le croit assassiné, & l'on ne tardera pas à pourfuivre celui qui ne l'a tué que par une défenfe légitime. Il eft abfolument néceffaire que votre fils s'éloigne de Londres dès cette nuit.

WILLIAM.

S'eft-il battu en galant homme ?

Miff ARLOWE.

Oui, il a montré beaucoup de bravoure.

WILLIAM.

Je fuis au défefpoir qu'il ait eu le malheur de tuer un homme, même en défendant fa propre vie.

Miff ARLOWE.

Vouliez-vous qu'il fe laiffât percer ?

WILLIAM.

Non, j'aurois voulu qu'il eût pris la fuite, plutôt que de s'expofer à verfer le fang de fon femblable.

Miff ARLOWE.

Moi, je m'intéreffe davantage à fon honneur.

WILLIAM.

Oferai-je, Miff, vous demander qui vous êtes, & comment vous avez connu mon fils ?

Miff ARLOWE.

J'ai fait fa connoiffance, parce qu'il donnoit de l'ouvrage à ma mère, qui travailloit en linge, ainfi que moi : il m'aime honnêtement ; & je lui rends la pareille.

WILLIAM.

Il ne doit plus fonger qu'à fa fûreté... Mais qu'eft-il devenu ?

Miff ARLOWE.

Il s'eft d'abord refugié chez moi ; & pour qu'il foit

encore plus à couvert de toutes pourſuites, je l'ai conduit dans une maiſon voiſine, chez des gens charmés
de rendre ſervice, où il eſt impoſſible de le déterrer.

WILLIAM.

Je vous rends mille graces, obligeante Miſs, de
l'aſile qu'il doit à vos ſoins. Son combat eſt une affaire
d'honneur : ainſi, je me flatte que nous trouverons la
Juſtice favorable, après que les premières clameurs ſe
ſeront diſſipées.

Miſs ARLOWE.

Sans doute. Il m'envoie auprès de vous, Monſieur
William, pour que vous me remettiez une centaine de
livres ſterlings, qui le conduiront dans le pays étranger,
& lui faciliteront le moyen d'y vivre.

· WILLIAM.

Cela eſt juſte, ſon départ eſt néceſſaire ; mais il faut
que je le voie avant qu'il nous quitte. Je me rendrai ſecrettement chez vous ; de-là vous me conduirez, à la
faveur de la nuit, dans la retraite que vous lui avez
choiſie.

Miſs ARLOWE.

Mais ſon état actuel exige de prompts ſecours, &
vous pourriez toujours me confier quelqu'à - compte,
qui lui annonceroit des bontés plus conſidérables.

WILLIAM.

Non, je lui remettrai moi - même tout ce qu'il me
demande : deux ou trois heures d'attente ſeront bientôt
paſſées. Nous concerterons enſemble l'uſage qu'il pourra
faire de mes dons, & la route qu'il prendra pour dé-
payſer ceux qui voudroient le pourſuivre.

Miss ARLOWE.

Est-ce que vous vous défiez de moi ? Ce seroit me faire injure.

WILLIAM.

Quel soupçon formiez-vous, Miss !

───────────────────────

SCENE IV.

Le Acteurs précédens, Mistriss SENTFORT.

Mistriss SENTFORT.

AH ! je suis toute essoufflée, je suis rendue, & je n'ai couru qu'en vain... Avez-vous eu de ses nouvelles ?

WILLIAM.

Cette jeune Miss vient de m'apprendre qu'il a eu une affaire d'honneur, qu'il s'est battu en brave, & qu'il a tué son adversaire.

Mistriss SENTFORT.

O ciel ! le fâcheux événement ! Et quel étoit son ennemi ?

Miss ARLOWE.

Je vous assure qu'Hermann fut l'agresseur, & qu'il porte la juste peine de son audace.

Mistriss SENTFORT.

Ah, le monstre ! il avoit insulté mon fils en ma présence, qui a très-bien fait d'en tirer raison.... Mais en quel endroit s'est-il refugié ? Je tremble pour lui.

Miss ARLOWE, *à Mistriss Sentfort.*

Il est on ne peut mieux caché, ne craignez rien. Il

D 3

eſpère, Miſtriſs, que votre générofité voudra bien encore
agir en ſa faveur.

Miſtriſs SENTFORT.

Aſſurément, on ne ſauroit faire trop d'efforts pour un
brave garçon qui fait honneur à ſa famille. Je veux aller
l'embraſſer tout-à-l'heure.

WILLIAM.

Tâchez de vous modérer ; la moindre imprudence ſuf-
firoit pour nous perdre. On le cherche, on obſerve ſes
connoiſſances : faites donc violence à la tendreſſe ma-
ternelle, & ne vous rendez dans l'endroit qu'il habite
qu'avec les plus grandes précautions.

Miſtriſs SENTFORT.

Je n'aurai garde d'y manquer. Mais je veux aller
tout de ſuite partager ſon triomphe, & le féliciter ſur
le danger auquel il eſt échappé.

Miſs ARLOWE.

Eh bien, Miſtriſs, enveloppez-vous de manière à n'être
point reconnue ; je vais vous conduire ; nous paſſerons
par des rues détournées ; & vous approuverez toutes les
meſures que j'ai priſes pour le dérober aux pourſuites de
la Juſtice.

Miſtriſs SENTFORT.

Partons ſans différer : mon impatience égale ma
joie.

WILLIAM, à ſa femme.

Songez que ſi vous alliez vous trahir, tout ſeroit
perdu.

Miſtriſs SENTFORT.

N'ayez point d'inquiétude. (Elleſort avec Miſs Arlowe).

WILLIAM *seul.*

Cet événement me fait naître l'envie d'inspirer à Jônes l'idée d'embrasser l'état Militaire. Oui, je ... Mais que me veut le voisin Tompson ?... Bon Dieu! qu'il a l'air triste!

SCENE V.

TOMPSON, WILLIAM.

WILLIAM.

Vous voilà donc, homme de parole: vous nous avez assez fait attendre pour dîner.

TOMPSON.

Ce que j'ai vu m'a ôté l'appétit.

WILLIAM.

Qu'est-ce que cela signifie, & pourquoi ce ton lugubre ?

TOMPSON.

Cessez de me dissimuler votre juste affliction; je viens la partager. J'ai moi - même été témoin de toute la scène; & vous entendez bien qu'après un pareil trait, il n'est plus question d'alliance entre nous : c'est ce qui m'a empêché de venir dîner, ainsi que je vous l'avois promis.

WILLIAM.

Je suis instruit de tout, mon cher Tompson : je croyois que cette aventure pourroit seulement retarder le mariage projeté.

TOMPSON.

Comment! que dites-vous! après un éclat si public, si déshonorant!

WILLIAM.

Mon fils n'a fait que se défendre.

TOMPSON.

Malheureusement vous êtes dans l'erreur; je vous le jure foi d'honnête homme. Il a commis, à la face du Public, un assassinat abominable. J'ai tout vu de mes yeux. Séparé de ma femme par la foule, je me suis long-tems promené seul; las de la chercher vainement, j'allois me retirer, lorsque j'ai apperçu de loin votre fils escorté d'un grand Escogriffe & d'une Donzelle à la mine assez suspecte; ils ont paru se troubler à la vue d'un jeune homme qui n'avoit pas meilleure mine qu'eux tous; le grand Escogriffe est enfin allé à sa rencontre, lui a sauté au cou; & tandis qu'il le tenoit embrassé, votre fils a fait un circuit pour le prendre par derrière, & accourant ensuite l'épée à la main, il lui a dardé dans le dos trois coups consécutifs, qui ont fait tomber mort sur la place l'objet de sa lâche vengeance. Tous ceux qui se promenoient aux environs, se sont rassemblés, ont crié au meurtre. Votre fils s'est dérobé par une prompte fuite, mais son complice a été arrêté; & l'on assure qu'avant qu'il soit trois jours, il subira la peine due à son crime: vous sentez bien qu'avant de mourir, il nommera l'assassin, s'il n'est point encore pris.

W I L L I A M.

Ah, mon ami, de quel trait venez-vous me déchirer!
On m'avoit fait illusion, & je chérissois mon erreur.
Je croyois mon fils malheureux & innocent. Hélas!
c'est un monstre affreux, digne du dernier supplice...
Mon cœur indigné, oppressé, souffre un tourment dont
rien n'approche; je ne tiens plus à la vie que par la
honte & la douleur ... Je vais être en horreur à moi-
même, à mes amis, à tous ceux qui entendront pro-
noncer mon nom; je passerai pour un père dont la né-
gligence criminelle a laissé ses enfans sans éducation,
ou qui les pervertit par son exemple ... Tant que j'ai
cru mon fils doué de quelques sentimens estimables, je
me plaisois à douter de ses vices, & à me flatter que
le tems le rendroit tout-à-fait vertueux; je ne pouvois
le détester: c'est un effort que l'honneur rend aujour-
d'hui nécessaire, & sous la violence duquel je vais suc-
comber ... Je conçois, sage Tompson, que toute alliance devient impossible entre nous; je rougis même
pour vous d'en avoir eu l'idée, & je n'ai plus d'autre
parti à prendre que celui de me cacher aux yeux de tous
les hommes.

T O M P S O N.

Votre désespoir n'est que trop bien fondé; je voudrois pouvoir l'adoucir. Cependant considérez que nous
ne sommes responsables que de nos propres actions.
Votre probité est généralement connue: ainsi, loin de
vous blâmer, tout le monde se fera un devoir de plaindre
votre infortune.

WILLIAM.

Je ne puis recevoir aucune forte de confolation, ni me livrer à ma douleur; il faut, fur-tout, que je dérobe mes larmes à ma femme: fi elle étoit inftruite de leurs motifs, elle s'affligeroit avec moi, & fes chagrins ne feroient qu'augmenter les miens. Je vous conjure, mon cher Tompfon, de lui taire, pendant quelques jours, cette horrible hiftoire... Me voilà donc déshonoré!...Hélas! je comptois m'élever au-deffus de mon état par la pratique des vertus qui font le bon citoyen. Je me flattois d'être eftimé de tous ceux qui me connoiffent, & je n'exciterai plus que leurs mépris & leur pitié.

TOMPSON.

Ne vous défefpérez pas; encore une fois, les gens de bien fauront vous rendre juftice. Il n'eft point de famille qui n'ait fon fléau, & les mœurs Angloifes ont fort bien fait de rendre les fautes perfonnelles. Adieu, père infortuné: votre fituation me touche infiniment, & j'ai peine à retenir devant vous mes larmes.

(*Il fort*).

SCENE VII.

WILLIAM seul.

Je ne ferai donc qu'un objet de compassion! ce ne sera que pour être plaint, que je reverrai les personnes qui composent ma société! Mon fils est exposé à porter publiquement la peine méritée d'un forfait; & l'opprobre dont son nom sera couvert, rejaillira sur le mien, sur celui de ma famille: les fautes sont personnelles parmi nous, le supplice ne déshonore que le criminel, on le dit ainsi; mais il n'est que trop vrai qu'on ne voit plus du même œil un père dont le fils s'est souillé de crimes. Et quand l'usage de mon pays auroit pour moi toute l'indulgence possible, mon cœur, mon propre cœur se souleveroit toujours contre moi. Puis-je me dissimuler qu'en matière d'honneur, mon fils & moi nous sommes solidaires, & que nous en sommes comptables l'un à l'autre? . . . . J'ai desiré ardemment d'être père : ce titre si doux n'est pour moi qu'un titre d'humiliation & d'infamie . . . Ah! j'ai trop vécu . . . Dieu tout-puissant! pourquoi ne m'as-tu pas enlevé, dès sa première jeunesse, cet enfant qui devoit me porter les coups les plus sensibles? J'adore tes décrets sans murmurer; mais par quel crime ai-je mérité que tu m'envoyasses ce fléau, qui remplit mon cœur d'amertume, & couvre ma vieillesse du dernier opprobre? . . . . Quoi! mon fils périroit sur un échafaud! . . . Je frémis d'horreur à la seule idée de son supplice . . . Il en est tems encore, prévenons un funeste arrêt; dans le choix d'une

mort néceffaire, préférons la moins ignominieuſe ... ;
ſoyons moi-même ſon bourreau. ...Oui, que l'honneur
révolté étouffe la tendreffe paternelle! ... Mais peut-il
m'être permis d'ôter à mon fils la vie que je lui ai don-
née? La Nature s'y refuſe ... Je frémis ... L'honneur
n'a-t-il pas ſes droits? La baffeffe du rang n'exclut
ni le courage, ni la vertu. Quoique relegué dans la
dernière claffe des citoyens, on eſt homme; l'âme eſt
toujours elle-même, & n'attend que les circonſtances
pour ſe développer: celle où je me trouve n'eſt que trop
propre à faire éclater ſes ſentimens. Armons-nous donc
de fermeté, &, par un effort généreux, ſacrifions la
Nature à l'honneur ...Après ce ſacrifice néceffaire &
douloureux, je le ſens, je vais traîner le reſte de mes
jours dans la langueur, & accuſer la mort de venir trop
tard terminer mes peines ... Mais je préfère une vie
malheureuſe à une vie déshonorée ... J'apperçois ma
femme ... O Dieu! craignons qu'elle ne découvre mon
deſſein.

SCENE VIII.

WILLIAM, Miſtriſs **SENTFORT.**

Miſtriſs **SENTFORT.**

JE viens de le voir. Il m'a percé le cœur; le pauvre
garçon ſe reproche la mort de ſon ennemi: je n'ai pu
m'empêcher de mêler mes larmes aux ſiennes.

WILLIAM, *plongé dans le dernier abattement.*

La honte & la confuſion deviennent ſon unique par-

tage; & je crains bien que le menfonge n'achève de le
rendre plus coupable.

Miftrifs S E N T F O R T.

Non, il eft agité des remords les plus vrais ; il convient
de bonne foi qu'une colère aveugle l'a tranfporté.

W I L L I A M.

La colère ne conduit point à une vengeance ré-
fléchie.

Miftrifs S E N T F O R T.

Il a triomphé d'un fcélérat qui en voulòit à fa vie.
Je fuis témoin de leur première querelle ; c'eft ici, ce
matin, qu'elle s'eft paffée : la Juftice ne fauroit refufer
de lui faire grace.

W I L L I A M.

Je redoute toujours des éclairciffemens judiciaires,
qui peuvent tourner au défavantage d'un profcrit, fans
naiffance & fans appui.

Miftrifs S E N T F O R T.

Pour moi, j'ai une pleine confiance dans les lu-
mières & dans l'équité de ceux qui prononceront fur
fon fort. Allez-le voir, confolez-le, portez-lui les fe-
cours dont il a befoin, & empêchez que le défefpoir
ne nous enlève ce gàge d'une tendreffe réciproque.

W I L L I A M.

Oui, je vais le voir... je le verrai peut-être pour la
dernière fois.

Miſtriſs SENTFORT.

Raſſurez-vous ; il eſt jeune & robuſte ; les voyages ne ſerviront qu'à le mûrir & à le former : il nous cauſera, par la ſuite, autant de ſatisfaction qu'il nous a donné de chagrin.

WILLIAM.

Le tempérament change, mais le cœur ne change pas. Les déſordres de mon fils me pénètrent d'une violente affliction ... & je crois que mon bonheur dépend de ne plus le revoir.

Miſtriſs SENTFORT.

Vous m'effrayez. Ah ! reprenez pour lui des entrailles paternelles : ſa perte entraîneroit la mienne. Allez calmer ſes douleurs & pourvoir à ſa ſûreté.

WILLIAM.

Oui, je ſaurai terminer ſes peines & toutes celles qu'il me cauſe ; je vais mettre la main à l'exécution de mon projet : quand tout ſera diſpoſé, vous le ferez venir ſecrettement ici... Je ne vous en dis pas davantage.

(Il ſort).

SCENE IX.

Miſtriſs SENTFORT ſeule.

QUE ſignifient ſon air abattu., ſes propos entrecoupés ? C'eſt ſans doute le départ d'un fils qu'il a tendrement aimé, qui le plonge dans cette profonde triſteſſe. Hélas ! ſuis-je moins affligée que mon mari ? Il faut que je confente à me féparer d'un enfant qui m'étoit fi cher...Siècle maudit ! la perverfité des mœurs eft une mode, un goût général, dont on eft loin de rougir. Mon fils s'eft livré fans fcrupule à des défordres autorifés dans le monde. Je diffimulois fes égaremens, dans l'efpoir que l'âge & la réflexion le rameneroient à une vie fage & honnête. Ma folle complaifance, mon indulgence exceffive pour tous fes défauts, ont occafionné fa perte; & je m'en fépare peut-être pour jamais...Je pleure fes écarts & le malheur d'être mère.

SCENE X.

Miftrifs SENTFORT, WILLIAM.

(La nuit fe répand infenfiblement fur le Théâtre).

WILLIAM, *tenant une petite bouteille & une taffe, qu'il pofe fur une table.*

(*A part*).

JE l'ai donc compofé ce fatal breuvage ! (*Haut*). Ma chère amie, la nuit s'approche: à la faveur de l'obfcurité, allez chercher ce malheureux ; il faut abfolument que je le voie ici.

Miftrifs SENTFORT.

Mais il me femble qu'il feroit de la prudence de vous rendre vous-même dans la maifon où il fe tient caché : on peut obferver mes démarches, & vous rifquez qu'on vienne l'arrêter fous nos yeux.

WILLIAM.

Allez, je faurai nous délivrer de tout fujet de crainte.

Miftrifs S E N T F O R T.

Faites-moi part des moyens que vous vous propofez
d'employer.

WILLIAM.

N'ayez aucune inquiétude ; ils font infaillibles. Bientôt
un efpace immenfe . . . (*Des fanglots lui coupent la
parole*).

Miftrifs S E N T F O R T.

Vous pleurez ! Comment concilier vos efpérances avec
les larmes que je vous vois répandre ?

WILLIAM.

Vous connoîtrez que mon projet eft immanquable &
pour lui & pour nous. Si quelques larmes s'échappent
de mes yeux , p'eft que je ne puis fonger fans m'attendrir
à une féparation . . . Mais ne perdez pas de tems, ame-
nez-le moi au plutôt.

Miftrifs S E N T F O R T.

Je cours le chercher. Je conçois que vous vous pró-
pofez de lui donner une bonne fomme , & de l'inftruire
de la conduite qu'il doit mener hors de fa patrie , tandis que vous n'épargnerez rien pour arranger fon affaire. Vous avez raifon, l'argent feul contribue au bonheur de cette vie, & il eft tout naturel de ne point l'épar-
gner pour fes enfans. (*Elle fort*).

SCENE X.

WILLIAM *feul*.

SA joie fera de courte durée . . . Et moi, malheureux,
en ferai-je moins à plaindre ? . . . Quel trifte avenir

je

je prépare à ma vieilleſſe! Sans ceſſe l'image de mon
fils me ſuivra; je croirai le voir à mes côtés, pâle, li-
vide, me reprocher ſa mort . . . (*Prenant la bouteille
qui renferme le poiſon*). O breuvage que mes mains trem-
blantes ont compoſé! Tu vas donc me ravir pour toujours l'objet de ma tendreſſe! . . . Mais vivrois-je plus
fortuné, s'il périſſoit ſur un échafaud? Non, le déſeſpoir
déchireroit à chaque inſtant mon cœur . . . Ne réſiſtons
plus à la fatalité qui me pourſuit; ſoyons le père le
plus malheureux qu'il y ait peut-être dans le monde . . .
(*Il remet le poiſon ſur la table*). Moi, qui aurois joui
d'un ſort digne d'être envié! J'avois amaſſé un bien
aſſez conſidérable; je lui deſtinois un parti avantageux;
j'étois parvenu à me faire conſidérer, malgré le mépris qu'inſpire communément ma profeſſion . . . & il
me prive du fruit de toutes mes peines & d'un travail de
ſoixante années . . . Après un tel exemple, qui oſeroit
ſouhaiter d'avoir des enfans, ou plutôt qui ne s'efforce-
roit de leur donner la meilleure éducation ? . . . J'entends
marcher quelqu'un . . . tout mon corps friſſonne.

SCENE XI.

JENNI, WILLIAM.

JENNI, *au fond du Théâtre.*

Où vais-je? . . . Je ſuis toute tremblante . . . ſeule dans
cette obſcurité . . .

WILLIAM.

Que demandez-vous? Qui êtes-vous?

E

JENNI.

Vous êtes, je crois, cet honnête Monfieur William ?
Je viens mêler mes larmes aux vôtres. On dit que votre
fils s'eft déshonoré par un affaffinat . . . s'il falloit tout
mon fang pour lui fauver la vie ! . . .

WILLIAM.

Quel intérêt fi tendre prenez-vous à ce malheureux ?
Vous me paroiffez jeune & belle.

JENNI.

Ah, Monfieur ! mes foibles attraits cauferont toutes
mes peines : votre fils m'avoit aimée, & . . .

WILLIAM.

Il vous a trompée : ce trait-là ne m'étonne point de fa
part.

JENNI.

J'ai peut-être mérité fes dédains. Ce ne font point des
plaintes qui doivent fortir de ma bouche ; ce font les plus
vifs regrets fur fa fâcheufe aventure, & fur le danger auquel il eft expofé.

WILLIAM.

Il a pris la fuite, & fe cache avec le plus grand foin :
tranquilifez-vous.

JENNI, *faifie de joie, & hors d'elle-même.*

Ma fille a donc encore un père !

WILLIAM.

Que dites-vous ?

JENNI.

Je me fuis trahie ; la joie de le favoir hors de péril m'a
tranfportée . . . Mais un plus long éclairciffement feroit
inutile ; je tremblois pour fes jours ; vous diffipez mes
alarmes ; je fuis fatisfaite. Adieu, Monfieur. (*Elle va pour
fortir.*

WILLIAM, *l'arrêtant.*

Achevez de m'éclaircir. L'indigne suborneur abusant de votre foiblesse . . .

JENNI.

Ah! que voulez-vous savoir?

WILLIAM.

Vous m'intéressez; ne refusez point à mes prières un aveu important & pour vous & pour moi.

JENNI.

Eh bien, sous une promesse de mariage . . . Mes larmes & ma confusion vous disent le reste.

WILLIAM.

Fille infortunée! je vous tiendrai lieu de père . . . Mais j'entends du bruit . . . Adieu: dans quelques jours ne manquez pas de revenir ici.

JENNI.

O bon William! . . . oubliez-moi; réservez tous vos bienfaits pour votre malheureux fils, si digne de pitié.

WILLIAM.

Estimable personne! vous m'intéressez de plus-en-plus . . . Mais sortez, je vous en conjure . . . J'entends quelqu'un . . . (*A part*). S'il alloit la trouver ici! (*Haut*). Prenez de ce côté, afin de ne rencontrer personne.

JENNI, *en s'en allant.*

Adieu, Monsieur: je compte sur votre probité & sur votre cœur paternel. (*Elle sort*).

WILLIAM *seul.*

Je craignois qu'elle ne le vît arriver . . . Mais on approche . . . O ciel! c'est lui.

E 2

SCENE XII.

Miſtriſs SENTFORT, WILLIAM, JONES,
enveloppé d'un grand manteau.

(*Le Théâtre eſt preſque dans l'obſcurité*).

JONES.

Mon père, je...

WILLIAM.

Laiſſez-nous, ma femme ; notre bonheur mutuel exige
que je l'entretienne en particulier.

Miſtriſs SENTFORT, *tenant une chandelle.*

Eſt-ce que vous craignez de lui parler devant moi ?

WILLIAM.

Non ; mais vous me gêneriez dans l'explication que j'ai
beſoin d'avoir. Ayez cette complaiſance, je vous en
prie : vous reviendrez dans un inſtant.

Miſtriſs SENTFORT.

Je ſuis trop bonne ; je n'ai jamais pu vous rien refuſer...
Vous ne voulez peut-être pas reſter ſans lumière ? Je vais
vous laiſſer cette chandelle. (*Elle poſe ſa lumière ſur la
table, & elle embraſſe ſon fils*). Tranquilliſes - toi, mon
cher enfant ; nous allons te faciliter les moyens de ſortir
d'Angleterre. (*Elle ſort*).

SCENE DERNIERE.

WILLIAM, JONES.

WILLIAM.

COMMENÇONS par fermer toutes les portes...(*Il
va les fermer, & dit à part*) : comme mon cœur eſt agité!

JONES.

(*A part*). Voilà bien du myſtère. (*Haut*). Mais, mon père, je ſuis venu pour que vous me donniez de l'argent; ouvrez-moi bien vîte votre coffre-fort; que je vous faſſe mes adieux, & que je parte.

WILLIAM.

Il n'eſt pas encore tems; ſongez ſeulement à me ré-pondre. Vous avez mené une vie indigne d'un honnête homme. Que de mauvaiſes actions vous aurez à vous reprocher, quand la mort...

JONES.

Je n'en ſuis pas encore-là; je me porte bien : ainſi...

WILLIAM.

Ignores-tu qu'on peut mourir, lorſqu'on s'y attend le moins? Repens - toi de tes fautes... de tes crimes.

JONES.

(*A part*). Quel ton lugubre! A qui diable en a-t-ile (*Haut*). Mon père, je ne comprends rien à vos diſcours. C'eſt de l'argent que je ſuis venu chercher.

WILLIAM.

Demande pardon à Dieu; implore avec moi ſa miſé-ricorde...Père de tous les êtres! quelle créature peut être parfaite à tes yeux? Les vices ſont le partage de l'eſpèce humaine, & la bonté eſt ton premier attribut. Daigne toucher le cœur de ce jeune homme, & lui faire grace à ſon dernier moment.

JONES.

(*Il rit*). Ah! ah! ah! des ſermons, des prières! Eſt-ce donc cela qu'il me faut? C'eſt de l'argent, & il s'agit de ſe hâter.

WILLIAM.

Tu as raiſon, les momens ſont précieux. Réponds-moi

donc sans détour , & en peu de paroles : n'as-tu pas abusé
d'une jeune personne , sous la foi d'une promesse de mariage ?

JONES.

Bon ! c'est une bagatelle : on ne fait nulle attention à cela.

WILLIAM.

Mais la fille que vous déshonorez ne peut plus trouver
aucun parti , & passe dans les larmes ou dans le libertinage le reste d'une vie infortunée.

JONES.

Vous vous moquez, mon père , elle trouve assez de dupes.

WILLIAM.

En devient-elle plus heureuse ? Et les enfans , produits
par un amour criminel , rejetés au dernier rang des citoyens , sans nom , sans parens , ne sont-ils pas en droit
de reprocher leur naissance aux coupables auteurs de leurs
jours , qui, tels que de vils animaux, n'ont songé qu'à
satisfaire leurs passions ! Ainsi vous serez maudit à chaque
instant par des bouches innocentes.

JONES.

Mais que signifie tout cela ?

WILLIAM.

N'avez-vous pas des enfans ? Soyez vrai.

JONES.

Oui, je crois en avoir un d'une certaine Miss Jenni...
qui dit au moins que j'en suis le père.

WILLIAM.

Cela suffit. Et ce malheureux que vous avez lâchement
assassiné, en lui plongeant par derrière une épée dans le
corps : ne voyez-vous pas son sang qui demande vengeance ?

JONES, *embarrassé.*

Ah, mon père !... vous savez cette aventure... Je

penſois... Il eſt vrai qu'emporté par la fureur, & le croyant
en défenſe, j'ai eu le malheur de le percer ·... Mais je
vais prendre la fuite dès cette nuit, & ...

WILLIAM.

Pouvez-vous ne pas ſavoir que la vie du dernier des
hommes eſt ſous la ſauve-garde des Loix, & que la Nature a gravé dans nos cœurs une horreur extrême contre
ceux qui verſent le ſang humain?

JONES.

Ceſſons de nous entretenir d'objets funèbres.

WILLIAM.

La Nature & les Loix ſont également intéreſſées à vous
punir; un échafaud vous attend...De quels traits cruels
vous déchirez l'âme d'un père!

JONES.

Raſſurez-vous, je ſuis ſûr de me ſauver, pourvu que
vous me donniez ...

WILLIAM, *après un moment de ſilence,*
& pouſſant un profond ſoupir.

Allons, il faut s'y réſoudre...(*A part*). Je crains à
chaque inſtant qu'on ne vienne l'arrêter ... ſous mes
yeux ... Il faut s'y réſoudre ... (*Haut*). Tu as beſoin de
prendre des forces ; tiens, mon fils , bois ce verre de
liqueur. (*Il lui verſe le poiſon*).

JONES, *avalant le poiſon.*

Vous êtes bien bon ... Mais quel ſingulier goût !

WILLIAM , *vivement.*

Embraſſe-moi, mon fils : la mort purifie nos âmes,
comme le feu épure les plus précieux métaux.

JONES.

Pourquoi de tels tranſports ? & que vous me tenez
d'étranges diſcours ! ... Vous me paroiſſez troublé ...
O Dieu ! ... qu'eſt-ce que je ſens ?

WILLIAM, *d'un ton ferme.*

Il valoit mieux que tu périsses de la main d'un ..., que de celle du Bourreau : tu viens de prendre un poison mortel ; il ne te reste plus qu'à te recommander à Dieu.

JONES, *courant vers la porte.*

Quelle trahison abominable ! ... Courons appeller du secours .... O ma mère ! ...

WILLIAM.

Arrête, tous les remèdes seroient inutiles : que ta seule espérance soit en la miséricorde de l'Etre suprême.

JONES, *s'agitant avec violence.*

Qu'avez-vous fait ? ... je suis déchiré ... je brûle ... tout les feux de l'Enfer sont dans mes entrailles ... Ah ; malheureux ! ...

WILLIAM.

O mon fils ! repens-toi ; songes que tu vas paroître devant un Dieu qui pardonne quand on s'amande, mais qui punit l'endurcissement du cœur.

JONES, *d'une voix étouffée.*

Eh ! daignera-t-il me faire grace ? ... Mes crimes ... Que n'ai je vécu dans la sagesse ! ... Je meurs. (*Il tombe, on le voit agité quelques instans d'horribles convulsions, & enfin expirer*).

WILLIAM, *qui s'est caché le visage dans ses deux mains.*

Le sacrifice est consommé, & il s'est repenti. Allons oublier qu'une mort subite... (*Il jette les yeux sur le cadavre de son fils*). Ah ! je le sens, la Nature reprend tous ses droits ... des larmes inondent mon visage ... Que mes pleurs commencent à couler ; elles ne tariront qu'à mon dernier moment ... Infortuné jeune homme, tu es né pour le malheur de ton père ... Mais du moins tu ne déshonoreras plus ta famille.

FIN.

www.ingramcontent.com/pod-product-compliance
Lightning Source LLC
Chambersburg PA
CBHW060444260626
47161CB00005B/2063